KB118429

용의자의 야간열차

YOGISHA NO YAKO RESSHA
by TAWADA Yoko

Copyright ⓒ 2002 TAWADA Yoko
All rights reserved.

Originally published in Japan by Seidosha.
Korean translation rights arranged with TAWADA Yoko, Japan
through THE SAKAY AGENCY and ERIC YANG AGENCY.
Korean translation copyright ⓒ 2016 by Munhakdongne Publishing Co.,Ltd.

이 책의 한국어판 저작권은 사카이 에이전시와 에릭양 에이전시를 통해
TAWADA Yoko와 독점 계약한 (주)문학동네에 있습니다.
저작권법에 의해 한국 내에서 보호를 받는 저작물이므로 무단 전재 및 무단 복제를 금합니다.

이 도서의 국립중앙도서관 출판예정도서목록(CIP)은 서지정보유통지원시스템 홈페이지(http://seoji.nl.go.kr)와
국가자료공동목록시스템(http://www.nl.go.kr/kolisnet)에서 이용하실 수 있습니다.
(CIP제어번호: CIP2016007904)

多和田葉子 : 容疑者の夜行列車

용의자의 야간열차

다와다 요코 장편소설

이영미 옮김

문학동네

일러두기

1. 번역 대본으로는 容疑者の夜行列車(多和田葉子, 青土社, 2002)를 사용했다.
2. 주석은 모두 옮긴이주이다.

용의자의 야간열차　　9

해설 │ 이동성, 유동성 그리고 자아동일성(최윤영)　　141
옮긴이의 말　　164
다와다 요코 연보　　167

출발……

첫번째 바퀴

파리로

역 분위기가 뭔가 심상찮다. 플랫폼에 이상하게 사람이 적다. 게다가 역무원들이 왠지 소란스러운 게 무슨 비밀이라도 감추고 있는 것 같다. 역무원을 불러 무슨 일이냐고 묻기도 뭣하니, 그저 묵묵히 관찰할 수밖에 없다. 역 전체가 가면을 들쓰고 있지만, 당신은 그것을 벗겨내지 못한다.

그날 오후부터 밤까지 당신은 함부르크 담토어 역 근처에 있는 작은 홀에서 춤을 추었다. 대나무를 쪼개는 듯한, 돌다리를 두드리는 듯한, 오락가락거리는 가을비 같은 현대음악의 선율이 아직도 귓가에 울려퍼진다. 지금 파리행 야간열차를 타면, 파리에서 내일 오후 두시부터 시작하는 리허설 시간에 맞출 수 있다. 본 공연은 그날 저녁 일곱시다. 내일 아침에 일찍 일어나 비행기로 가는 것보다는 이쪽이 훨씬 편하다. 당신은 자기 계획에 흡족해하며 슬며시 미소를 머금는다.

그나저나 빈자리가 많다. 출발지인 함부르크 알토나 역에서도 승객이 거의 타지 않았는지 기차 안은 한산하다. 설마하니 곧장 차고로 들어가나 싶어 불안한 마음에 플랫폼을 둘러보니 '파리행'이라고 분명히 표시되어 있다. 당신은 6인용 칸막이 객실에 혼자 멍하니 앉아 있었다. 신문을 사온다는 걸 깜박했다. 열차가 움직이기 시작했다. 함부르크 중앙역에서도 아무도 타지 않았다.

한참 후, 발소리가 다가왔다. 승무원이 승차권과 침대권*, 여권을 보관하러 온 것이다. 볏 같은 새빨간 모자 때문인지, 날카로운 발음 때문인지, 어딘지 모르게 새를 떠올리게 하는 남자였다. 아무래도 프랑스인 같다. 표정이 약간 긴장해서 굳어 있는 것처럼 보였다.

"이 객실은 저 혼자 쓰는 건가요."

그렇게 묻자, 승무원은 '그럴지도 모르죠'라고 말하듯 어깨를 으쓱거렸다. 아무래도 이상하다.

"오늘은 웬일로 빈자리가 많네요. 왜 그럴까요."

승무원은 아무런 대답도 하지 않는다. 더이상 캐물으면 괜스레 껄끄러워진다. 승무원이 떠난 후, 당신은 한동안 내일 할 안무 등에 관해 생각했다. 그러다 졸음이 밀려왔다. 대화 상대도 읽을 책도 없어 그냥 자기로 했다. 이를 닦으러 가는 길에 복도에서 승무원과 마주쳐서 집요하게 다시 속을 떠봤다.

"오늘은 정말로 한가하네요."

---

* 침대가 있는 야간열차 객실을 이용할 수 있는 표.

그러자 승무원은 기분 탓인지 살짝 곤혹스러운 표정을 지으며 얼굴을 돌렸다. 뭐, 깊이 생각하지 않기로 했다. 이유야 어떻든 가장 싼 요금으로 객실을 독차지할 수 있다면 불만은 없다. 걱정해본들 소용없다. 대관절 무슨 위험이 있겠는가. 열차는 선로 위를 달리니 과격파 무리에게 납치당할 염려도 없다. 고작해야 거센 폭풍이 몰아치는 정도겠지. 강풍에 쓰러진 나무가 열차 지붕을 깨부수고 당신을 깔아뭉갤 가능성은 그리 높을 것 같진 않았다. 그래도 조심하는 게 제일이니 아래 칸에서 자기로 했다.

당신은 잠시 후, 흔들리는 차체에 몸을 맡기고 기분좋게 잠 속으로 빠져들었다. 잠 저 너머에서 쇠끼리 부딪치는 소리가 이어진다. 얕은 듯도 깊은 듯도 한 잠이었다. 그래서 승무원이 갑자기 깨웠을 때는 깜짝 놀라 기억의 주머니를 바닥에 떨어뜨리는 바람에, 한순간 자신이 어디 있는지조차 가늠할 수 없었다.

"일어나세요, 여기서 바로 내리셔야 합니다."

묘하게 감정이 결여된, 그러면서도 성량만은 큰 목소리였다. 밖은 여전히 캄캄하다. 당신은 짜증과 어색함 사이에서 갈팡질팡 헤매다 승무원에게 뒤지지 않는 큰 목소리로 물었다.

"벌써 파리에 도착한 건가요."

질문이라기보다는 시간 벌기였고, 그사이에 이것이 무슨 실수임이 판명되길 무의식중에 바라고 있었다. 승무원은 동정의 빛은 털끝만큼도 없이 선언했다.

"아뇨, 파리는 아직 멀었지만, 이제 곧 프랑스 국경입니다. 프랑스는 오늘부터, 그러니까 밤 열두시부터 전면 파업에 들어갔기 때문에 모든 열차는 운행을 중지합니다. 서둘러 내릴 준비를 해주십시오."

당신은 난데없이 날아든 주먹에 얻어맞은 것처럼 당혹스러웠다. 아프다는 느낌도 들지 않는다. 불평도 떠오르지 않는다. 상대가 없는 싸움은 불가능하다. 프랑스인이 매우 극단적인 파업을 한다는 건 알고 있었지만, 그것은 텔레비전 뉴스로나 보고 즐겨야 할 풍경이다. 타고 있던 밤기차에서 내리라는 말을 듣다니, 정보와 생활 사이에 어처구니없는 접촉 불량 사태가 발생했다고 볼 수밖에 없다.

"하지만 그럼 전 이제 어떻게 되는 건데요."

당신은 조금이나마 상대의 동정을 살 셈으로 처량한 목소리를 내본다. 파리 공연을 취소하면 손실이 얼마나 날까. 그런 타산적인 사고가 뇌리를 스치는 동시에, 그것과는 무관하게 설명할 길 없는 불안의 파도에 삼켜졌다.

당신은 최근에, 남아프리카공화국에서 옛 아파르트헤이트 시대에 저항운동을 했던 사람들의 이야기를 읽은 참이었다. 한밤중에 난데없이 집으로 들이닥친 사람들에게 연행되고, 영문도 모르는 새에 고문당하거나 살해당하고 마는 것이다. 지금 당신의 상황은 그와는 정반대로 노동자가 파업을 한다는 얘기이니 협력해줘야 할 것 같은 기분이 든다. 어깨를 두드리며 힘내라는 말을 건네고, 미소를 지으며 잠옷 차림 그대로 야간열차에서 내려줘야 할 것 같은 기분이 든다. 세계를 둘러보면 파업 같은 건 상상조차 할 수 없는 비참한 나라도 있다. 그런 나라에서는, 손님에게 피해를 끼칠 바에는 차라리 자기가 실직하고 굶어 죽겠다며 자살해버리는 안타까운 직원도 나온다. 그에 비하면, 자부심 강하게 야간열차에서 승객을 내쫓는 프랑스 철도직원은 건강해서 보기 좋다. 아아, 그러니 당신은 파업을 응원해주고 싶다. 하지만 그러면 파리 공연과 그 출연료는 어떻게 되는가.

"저는 일 때문에 꼭 파리에 가야 하는데, 어떻게 해주실 거죠?"

무심코 책망하는 말투로 변해버린다.

"역에서 버스가 출발할 테니, 그걸 타고 파리로 가십시오."

그 말을 듣고 조금은 마음이 놓였다. 잠옷 위에 옷을 껴입고 짐을 정리해 내려 보니, 내린 사람이 몇 명 더 있었다. 열차에 탄 사람이 이토록 적은 걸 보니, 어쩌면 알토나 역과 중앙역에서는 파업 관련 안내방송이 있었는지도 모른다. 오늘 하필이면 담토어 역에서 탄 게 운이 나빴다. 아니면 저녁 뉴스에서 파업에 관해 얘기했을지도 모르고. 당신은 어제부터 바빠서 신문도 펼쳐보지 못하고 라디오 뉴스도 못 들었다.

비참한 운명공동체는 열차에서 내려 터벅터벅 플랫폼을 걸어갔다.

"버스는 어딨나요. 파리행이오."

역무원에게 몰아대듯 묻자,

"대합실에서 기다리세요."

라고 사무적으로 대꾸하며 뿌리쳤다. 들어본 적도 없는 역 이름이었다. 주위는 캄캄하고 가로등도 없다. 인가도 거의 없는 지역일지 모른다. 하는 수 없이 대합실로 들어갔는데, 그곳은 사람들로 넘쳐났다. 뜨거운 조명이 반사되어 카운터와 테이블 가장자리가 은빛으로 반짝이고, 젊은이들의 온갖 빛깔의 배낭이 바닥을 가득 메우고, 기타를 퉁기며 읊조리듯 노래하는 사람이 있는가 하면, 말뚝잠을 자는 사람도 보였다. 높은 천장에는 담배연기가 소용돌이치고 있었다. 다들 약속된 버스를 기다리고 있겠지. 당신은 테이블 위에 놓인 간단한 메뉴판에 크루아상과 카페오레, 아침식사라고 적혀 있는 것을 보고, 갑자기 아침을 먹고 싶어졌다. 아직 아침도 아니고 배가 고프지도 않았지만, 아침식사를 먹는다는 생각만으로도 새벽 기분이 느껴지는 듯했다. 어찌된 영문인지 가격이 몹시 비싸다. 내일과 모레 쓰려고 바꿔온 프랑이 이걸로 거의 다 사라져버린다. 주문을 받으러 온 웨이트리스가 당신에게 생긋 미소를 지었다. 그 모습을 본 당신은 이건 혹시 사기가 아닐까, 열차에서 내리게 해서 비싼 요금을 치르게 만들고, 그대로 사람이 살지 않는 땅에 내동댕이치는 건 아닐까 하는 의혹을 품었다. 그러나 곧바로 얼토당토않은 생각이라며 마음을 돌렸다. 자기가 있는 곳이 어딘지 몰라 남을 쉽게 의심하게 됐을 뿐이다. 운명을 같이하는 사람들이 이렇게 많은데 속을 리가 없겠지. 한 가지 이상한 것은 이제 곧 프랑스 국경이니 내리라는 말을 들었는데, 이곳이 이미 프랑스라는 점이었다. 그러나 그런 걸로 골치를 앓아본들 아무 소용 없다. 당신은 크루아상과 카페오레의 맛에 몹시 감탄해서 비싸도 받아들이기로 했다. 팁을 조금 주면 딱 맞겠다 싶어 웨이트리스에게 지폐를 건네며 말했다.

"이거 받으세요. 거스름돈은 필요 없어요."

웨이트리스는 눈을 휘둥그레 뜨더니 지폐를 꽉 움켜쥐고 도망치듯 사라졌다. 이 정도 팁에 눈을 휘둥그레 뜨는 걸 보니 순박한 사람이구나 하며 당신은 미소를 지었다.

버스는 좀처럼 모습을 드러내지 않았다. 인연과 세월은 기다리는 게 제일이라고 느긋하게 마음먹은 당신이지만, 이따금 초조함이 밀려들어 자리에서 일어나 의미 없이 어두운 창밖을 바라보곤 한다. 꼭 데리러 오겠다는, 환상일지도 모르는 버스의 약속을 철석같이 믿고 기다리는 주위 사람들의 침착함이 샘난다.

바로 그때 남자인지 여자인지 알 수 없지만, 옆에서 불쑥 나타난 아름다운 얼굴이 물었다.

"당신 얼굴, 텔레비전에서 본 것 같은데, 피아니스트였나요?"

상대의 목소리는 여자라면 마음을 끌어당기는 나지막한 쉰 목소리이고, 남자라면 맑고 청아한 미남의 목소리다. 그런 꿀빛 만남의 기회를 눈앞에 두고 당신은,

"버스는 대체 몇시나 돼야 올까요."

라는 시시한 말로 대꾸하고 말았다. 날아든 만남의 기미는 사정없이 꺾이고 짓밟혔다. 그들은 대기 시간중 한때의 사랑을 시작하고, 황홀감에 젖어 언제까지고 버스가 오지 않길 바라고 있건만, 당신은 그런 도취를 함께 나눌 수가 없다. 배는 뱃사공에게 맡기고 자신은 그저 파도에 몸을 맡기면 그만이련만, 당신은 시각표 끄트머리에 자신의 일정표를 덧붙이며, 모처럼의 중단을 뛰어넘어 조급히 미래로 내달리려한다.

이윽고 어둠 속에서 엔진 소리가 들리고, 버스 몇 대가 나타났다. 허둥지둥 올라타는 사람이 있는가 하면, 성가신 듯이 꾸물꾸물 일어서는 사람도 있다. 당신은 서둘러 첫번째 버스로 뛰어올라 맨 앞자리에 앉았다. 버스는 전조등으로 어둠 속에 빛의 터널을 뚫으며 달려갔다. 한참을 달리자, 국경이 나왔다. 벨기에와 프랑스 국기가 보였다. 당신은 화들짝 놀랐다. 지금까지 있던 곳은 프랑스가 아니라 벨기에였던 것이다. 벨기에도 프랑스어를 사용하고 화폐도 프랑이지만, 벨

기에 프랑은 프랑스 프랑의 몇분의 일 가치밖에 안 된다. 그런데 프랑스 프랑으로 지불하고 거스름돈은 필요 없다고 했으니, 상대는 그 대담한 씀씀이에 놀랐을 것이다. 같잖은 졸부가 아니꼬운 짓을 한다며 웨이트리스는 내심 자기를 경멸했을지도 모른다. 당신은 함부르크에서 파리로 가는 길에 벨기에를 거친다는 사실을 잊어버린 벌로 거금을 치르고 만 것이다.

파리에 도착하니 택시가 늘어서 있어서, 허둥지둥 올라타고 목적지를 알렸다.

"길이 많이 막혀서요, 시간이 얼마나 걸릴지 모르겠습니다."

운전기사가 말했다. 콧노래를 부르는 품이 왠지 즐거워 보인다. 파업은 즐거운 건지도 모른다. 기능을 멈춘 도시는 유원지로 변모한다.

당신은 몇 해 전에 마르세유에서 쓰레기 수거차의 파업을 본 적이 있다. 도로변에 쓰레기가 산더미처럼 쌓이고 매일 불어나서 올려다봐야 할 만큼 높아지는데도, 파업은 여전히 계속되었다. 한여름 태양 아래서 음식물 쓰레기가 썩어갔다. 사람들은 냄새난다고 코를 움켜쥐면서도 그 광경을 감상한다. 거기에는 축제 같은 흥분이 있었다. 마침내 파업이 해소되자, 산더미 같은 쓰레기는 순식간에 모습을 감추었다. 그렇게 많던 쓰레기를 그토록 빨리 처리하는 걸 보니, 일부러 방해물로 놔뒀던 게 아닐까 의심스러워질 정도였다.

택시 기사는 콧노래를 부르며 딱히 서두르는 기색도 없이 노련하게 혼잡을 피해 갔고, 물 만난 고기처럼 바지런히 커브를 꺾으며 달렸다. 이제는 저 사람에게 맡겨두면 되겠다 싶어 등받이에 편안히 기대앉아 있으니, 두시 정각에 맞춰 극장에 도착했다. 그런데 극장 문에는 커다란 안내문이 붙어 있었고, '총파업으로 모든 공연을 중지하게 되었습니다'라고 쓰여 있었다. 여기에서 당신은 처음으로 불같이 화를 냈다. 묵직한 철문은 당신 말 따위 들은 척도 하지 않는다. 그 고생을 무릅쓰고 여기까지 왔는데 이게 뭐냐고 퍼부어도 그저 묵묵히 굳게 닫혀 있을 뿐이다. 당신은 있는 힘껏 극장 문을 걷어찼다. 그런 짓은 지금껏 한 번도 한 적이 없었다. 문은 말도 없을뿐더러 꿈쩍도 하지 않는다. 또 한번 걷어찼다. 소년 서너 명이 다가오다가 그런 당신을 보고 손가락질을 하며 웃었다.

"왜 웃어? 학교는 어쩌고 돌아다니는 거야?"

그렇게 호통을 쳐봤지만, 웃는 얼굴은 변함이 없다. 학교도 파업인가? 사회 과목 견학으로 파업을 견학하는 중일까. 학교에서는 파업할 권리는 물론이고 파업 방식까지 가르치나? 파업하는 동안에는 다들 무서운 게 없는 모양이다. 당신은 화가 치밀어서 그 자리에서 휙 하고 공중제비를 넘었다. 아이들이 웃음을 뚝 그쳤다. 그 얼굴에 갑자기 존경의 빛이 떠오른다. 익혀둔 재주가 궁할 때 도움된다더니. 다시 한번 공중제비를 넘었다. 그러자 속이 후련해졌다.

당신은 지하철역을 찾아 지하철을 타고 북北파리역으로 갔다. 역 안내소에서 가쁜 숨을 몰아쉬며 말했다.

"지금 바로 함부르크로 돌아가고 싶어요."

그러자 상대는 태연하게 말했다.

"전철은 전부 파업중입니다."

"그럼 난 어떡하죠?"

당신이 말하자, 여전히 태연하게 대답했다.

"브뤼셀행 버스를 타세요, 거기부터는 평상시처럼 전철로 돌아갈 수
있으니까."

또다시 벨기에란 말인가. 이 역무원도 한통속인 것 같다. 당신은 단
하룻밤 벨기에의 존재를 잊고 잠들어버린 벌로 평생 끊임없이 벨기에
로 되돌려 보내지는 운명에 처한 것이다. 그러나 벨기에를 저주하면
안 된다. 벨기에는 아무 죄도 없으니까. 단지 그런 나라가 존재하는 것
일 뿐, 여행자의 사정에 따라 그곳을 눈엣가시처럼 여길 권리는 당신
에겐 없는 것이다.

버스 기사는 이미 회수한 지폐 다발을 흔들며, 자 타세요, 타요, 하
고 손님을 불러들이고 있었다. 자리가 다 차면 출발한다고 한다. 사기
는 아니지만, 남의 약점을 이용해서 장사하는 것 같아 당신은 조금 불
쾌해진다. 기차표가 있는데, 왜 따로 버스 요금을 지불해야 한단 말인
가. 파업해서 급료가 오르면 이쪽 손실을 변상해줄 건가? 이쪽도 가난
하다. 당신은 꼬리를 물며 솟아오르는 불만을 애써 억누르며 하는 수
없이 표를 사서 버스에 올라탔고, 더이상 아무 생각도 하지 않기로
한다.

버스는 초원을 달려갔다. 저멀리 소떼가 보인다. 소들은 왜 풀을 뜯
을 때 모두 같은 방향을 바라볼까. 야간열차로 가서 짭짤한 출연료를
받은 다음 야간열차로 돌아오려고 했는데, 어처구니없는 여행이 되고
말았다. 야심의 들판은 불타버린 허허벌판, 차라리 소떼와 어우러져
한가하게 풀이나 뜯는 게 한결 나았다.

바로 그때 신경을 긁는 듯한 엔진 소리가 들리더니, 상공에 소형 비
행기 세 대가 나타났다. 당신은 앗 하고 소리를 질렀다. 그중 한 대가

3백 미터쯤 떨어진 곳에서 검은 연기를 내뿜으며 머리부터 곤두박질치기 시작했기 때문이다. 비행기 추락을 보는 건 난생처음이라고 생각한 찰나, 기체는 지면에 충돌하기 직전 급격히 머리를 곧추세우며 수직으로 날아올랐다. 당신은 온몸이 굳어 아직 소리도 내지 못했다. 그때 두 번째 비행기가 검은 연기를 내뿜으며 떨어지기 시작했다. 깜짝 놀랐지만, 그것 역시 추락 직전에 다시 상승했다.

"저기 봐, 공군이 훈련하네."

앞좌석에 앉은 미국인이 얘기하는 소리가 들렸다. 당신은 마음이 놓이는 동시에 발끈 화가 치민다. 나라를 지키네 어쩌네 하면서 실제로는 하늘에서 허풍이나 떨며 놀고 있다. 그럴 여유가 있으면 우리를 태우고 브뤼셀에나 데려다주면 좋으련만.

브뤼셀 역에 도착했다. 아마 여기가 역일 테지. 버스 기사가 그렇다고 했으니. 그런데 플랫폼이 없다. 전철이 보이지 않는다. 이해할 수 없는 구조에 조롱당하며 갈피를 못 잡고 같은 자리만 빙글빙글 맴돈다. 간신히 열차 표시판을 찾아서 가슴을 쓸어내리며 살펴보니, 목적지가 모두 런던으로 되어 있다. 런던 이외의 곳은 더이상 갈 수 없는 걸까. 기껏 애만 쓰고 보람도 없이, 고생고생해서 브뤼셀까지 왔건만. 당신은 무릎에서 힘이 빠지는 느낌을 받았다. 울상은 꿀빛 눈물로 얼룩지니, 벌이 더 날아들어 찌르기 마련이다. 런던에 도착하면, 여기서는 더블린밖에 못 간다는 말이라도 듣게 되겠지. 집은 점점 더 멀어진다. 그래도 괜찮지 않을까, 어차피 유랑 예인이니까. 포기해버리자. 두 손 두 발 다 들어버리자. 버리고 또 버리고, 계획도 야심도 모조리 버리고 무심히 앞을 바라보자. 성격이 급하면 결국 자기 손해인 법, 찬찬히 살펴보니 여기는 유로스타* 승차장이었다. 그래서 모두 런던행이었던 것이다. 마음이 놓이는 동시에 호기심이 솟구쳤다. 이대로 런던으로 가볼까. 우회에 우회를 거듭하며 가장 먼 귀로를 선택해볼까. 도버 해협 물속을 달리는 기분은 어떨까. 밤의 잠 속을 꿰뚫고 달리는 것보다 훨씬 더 어두울까.

---

* 영국 런던, 프랑스 파리, 벨기에 브뤼셀을 잇는 국제 고속철도. 영국과 프랑스를 연결하는 해저 터널인 채널 터널을 통해 도버 해협을 횡단한다.

두번째 바퀴

그라츠로

당신은 늘 열차 출발시각보다 훨씬 일찍 역에 도착하는 습관이 있다. 이게 해마다 심해지니, 노인이 되면 저녁에 탈 열차의 플랫폼에서 아침놀에 볼을 발갛게 물들이며 서 있을지도 모른다는 생각이 든다. 그렇게 일찍 가서 뭐해, 역은 따분하잖아, 라고 친구가 말하면 뭐라고 대답해야 할지 막막하다. 역은 분명 따분한 장소일지 모른다. 따분해서 쉬 지겨워지기에 오히려 바쁘다는 생각이 사라지고 긴장이 풀린다. 따분함은 여유다. 그런 생각에 혼자 빙긋이 웃으며 플랫폼을 오락가락한다. 잿더미 속을 걸어가는 사람처럼 신발 바닥의 감촉이 묘하다. 역의 구내매점을 기웃거린다. 거기서 파는 물건은 무엇 하나 사고 싶은 게 없다. 질리도록 본 초콜릿, 이미 읽어버린 신문, 목도 안 마르고, 껌도 필요 없다. 필요 없는 것투성이다. 그렇게 생각하자, 당신은 점점 더 마음이 놓인다.

도나우에싱겐에서 열린 현대음악제는 어제 끝났다. 오늘 아침에는 호텔에서 느긋하게 아침을 먹고, 도나우 강의 원천이라는 곳을 구경하러 갔다. 여기가 저 웅대한 도나우 강의 발원지라는 말을 듣고, 그곳에 있는 물웅덩이를 바라보았다. 이렇게 적은 물이 대체 어떻게 그 큰 강줄기로 성장해갈까. 그것은 오직 물만 안다. 뱀의 길은 뱀이 알고, 물길은 물이 안다.

당신은 그날 밤, 취리히로 가서 야간열차를 타고 그라츠로 이동할 예정이었다. 내일 낮부터 그라츠 극장에서 연습이 있고, 밤에는 마지막 리허설을 한다. 그 프로젝트에서 당신의 춤은 연극의 일부고 실제로 무대에 서는 시간은 팔 분 정도지만, 사전 협의는 확실히 해둬야 한다. 도나우에싱겐에서 지겐으로 가서 취리히행 전철을 갈아타고, 거기서 한 시간쯤 기다리면 야간열차를 탈 수 있을 것이다. 취리히에는 당신이 오랫동안 만나지 못한 친구가 살고 있었다. 야간열차를 기다리는 동안 친구에게 역으로 와달라고 부탁해서 역 카페에서 만나기로 약속했다. 꼭 직접 만나서 해야 하는 얘기가 있었지만, 그것 때문에 일부러 취리히까지는 가지 못한 채 세월만 흐른지라, 이번 환승은 절호의 기회였다.

호텔에 맡겨둔 트렁크를 찾으러 가는데, 어느새 호텔 주변의 길도 한산해져 있었다. 어제까지 음악제를 찾았던 사람들은 오늘 아침에 모두 떠나버린 듯했다.

당신이 역에 도착했을 때는, 열차가 오려면 아직 삼십 분이나 남아 있었고, 때마침 똑같이 지겐행인 앞 열차가 플랫폼으로 막 들어서는 참이었다. 당신은 그 열차를 타지 않았다. 왜 타지 않았는지 나중에 돌이켜봐도 이유를 알 수 없었다. 계획과 다른 열차를 타고 빨리 도착한다는 마음에 우쭐해 있으면, 여행의 신들에게 노여움을 사서 예기치 않은 사고가 일어날지도 모른다. 애초에 타려고 한 열차에서 사고가 난다면 어쩔 수 없지만, 앞 열차를 탔다가 쓸데없는 사고를 당하면 모두 자기 책임이 되어버릴 것 같아 싫었다. 그래서 당신은 그 전철을 떠나보내고 멍하니 플랫폼에 서 있었다.

머지않아 그 플랫폼으로 검은 벨벳 정장을 입은 여성의 손에 이끌리다시피 해서 오십대 중반의 체격이 다부진 남자가 왠지 주뼛거리는 기색으로 들어왔다. 남자는 이상하게 옷을 두툼하게 껴입은데다, 목도리에 얼굴을 푹 파묻고 있었다. 남자는 큼지막한 여행가방을 들고 있지만, 여자는 조그만 핸드백 하나만 들고 있을 뿐이다. 여자의 손길은 이별을 아쉬워하며 쉼 없이 너울거리지만, 남자는 자신의 우울함에 삼켜진 듯 고개를 숙이고 아무 말이 없다. 외투 주머니에서 삐져나온 음악제 팸플릿이 보였다.

정각이 지났는데도 열차는 오지 않는다. 당신은 남몰래 이야기를 멋대로 엮어가기 시작했다. 남자는 해마다 한 번씩 음악제를 이유로 이 고장을 찾는다. 그리고 이 마을에 사는 연인과, 물론 아내에게는 비밀로 하고, 일 년에 한 번씩 2박 3일을 함께 보낸다. 견우와 직녀가 일 년에 한 번씩 만나듯이. 남자의 턱 윤곽을 보니 사회적으로 훌륭한 지위에 있을 것 같다. 탄탄한 어깨는 안정된 각도로 주변을 둘러보고 있다. 이따금 불안한 듯이 주위를 둘러보는 모습이 좀 어색하다. 벽에도 귀가 있고 문에도 눈이 있으니 언제 들통이 날지 모른다. 그렇게 되면 성가신 이혼소송이 기다릴까, 도산하는 꿈을 뿌리치듯 남자는 이따금 머리를 좌우로 흔든다. 그럴 거라고 당신은 제멋대로 상상했다.

열차는 오지 않았다. 벌써 정해진 시각보다 이십 분이나 지났다. 당신은 불안해져서 역무원을 찾아 호소했다.

"분명 늦는 것 같긴 한데요."

역무원은 말끝을 어물쩍 얼버무린다.

"언제 오려나요."

"글쎄요, 한번 물어볼까요. 그런데 알 수 있을지 어떨지."

미덥지 않은 대답이지만, 아무것도 모른 채 플랫폼에 서 있는 것보다는 나았다. 예를 들면 한 잔의 차도 일시적으로 공복을 잊게 해주는 것처럼, 무슨 말이든 해준다면 안심이 될 것이다. 역무원은 어딘가로 전화를 걸었지만, 연결이 안 되는지 말이 없다. 당신은 초조해진다. 바로 근처에 있을 전역에서 출발하는데 어떻게 이십 분씩이나 늦을 수 있느냐고 심술궂게 따져 묻고 싶어진다. 그러나 역무원에게 화풀이를 해본들 소용없다. 안 좋은 날씨를 뉴스캐스터 탓으로 돌리는 거나 마찬가지다. 작별 인사에만 빠져 있던 남녀도 그제야 열차가 오지 않는 것을 알아챘는지 이쪽으로 다가왔다. 역무원은 간신히 전화가 연결됐는지 처음에는 작은 목소리로 열심히 정보를 얻어내려 했지만, 그러다 갑자기 난데없이 큰 소리를 질렀다.

"어, 왜 그렇게 된 거죠, 도무지 믿기질 않는군요. 그런 일이 있었나요."

예감이 안 좋다 싶었는데 적중했다. 그 전차는 고장 나서 수리해야 한다. 지금 대신 운행할 차량이 없다. 삼십 분만 더 기다리면 다음 열차가 올 테니 그걸 타라는 얘기였다. 그러나 다음 열차로는 지겐에서 환승 시간을 맞출 수 없다. 그러면 취리히에서 야간열차를 못 탈 게 틀림없다. 당신은 맥이 풀려 벤치에 털썩 주저앉았다. 왜 앞 열차를 타지 않았을까. 그걸 타고 지겐에서 따분하게 시간을 보냈으면 좋으련만. 이래서야 신발끈을 못 찾아서 올림픽 출전을 포기하는 거나 매한가지 아닌가. 당신은 앞으로 남은 인생에서는 앞 열차를 보면 무조건 올라타기로 결심한다.

"그럼, 어쩔 수 없으니, 내가 지겐까지 차로 데려다줄게."

예의 그 여자가 일행 남자에게 말하는 소리가 귀에 들어왔다. 당신은 수줍음을 많이 타서 평소에는 낯선 사람에게 말을 못 건네지만, 이때만큼은 우물쭈물 머뭇거릴 상황이 아니었다.

"죄송한데, 저도 지겐까지 좀 태워주실 수 있을까 해서요. 취리히행으로 갈아타야 하거든요."

"오, 당신도 취리히까지 가시는 건가요."

남자가 목도리에서 고개를 빼며 붙임성 있게 말을 건넸다. 그리고 몇 초 후, 갑자기 후회했는지 눈을 피했다. 당신은 그 눈을 좇듯이 대답했다.

"네, 실은 거기서 더 가는데, 취리히에서 그라츠행 야간열차를 타야 해요."

여자가 얼굴에 동정의 빛을 띠며 말했다.

"그럼 큰일이네요. 제 차에 타세요."

차에 탄 후 당신은 조금 후회했다. 벤츠 내부는 널찍해서 갑갑하지는 않았지만, 내가 없었다면 앞에 앉은 두 사람이 얼마나 자유롭게 별처럼 수많은 애정의 말을 주고받았을까 생각하니, 훼방꾼이 된 자신이 싫어졌다. 어쨌거나 당신은 이미 두 사람의 관계를 은하수에서 일 년에 한 번밖에 못 만나는 사이로 멋대로 정해놓았다.

여자는 핸들을 단단히 잡고 있으면서도, 사교적인 배려에서인지 이따금 거울을 들여다보며 뒷좌석에 앉은 당신과 짧은 대화를 주고받으려 애썼다.

"역시 음악제에 오신 거죠? 피아니스트신가요?"

"아뇨, 무용수인데 연주 퍼포먼스에 참가시켜주셔서 춤을 췄어요. 춤이라곤 해도, 발레 같은 건 아니에요. 무대에 있는 오십 개가 넘는 콘센트를 아주 빠른 속도로 뽑거나 꽂으면 그에 따라 전기악기 연주가 변하는 퍼포먼스를 하죠."

"콘센트? 아 참, 올해 테마가 일렉트로닉이었죠."

이번 출연은 역시 거절할걸 그랬다. 처음에는 비디오로 대신하겠다고 의견도 내봤지만, 본인이 꼭 와주면 좋겠다고 청했다. 비디오가 제아무리 뛰어나도 살아 있는 육체에는 견줄 수 없다나. 죽은 호랑이보다는 살아 있는 개가 낫다는 뜻이겠지. 그래서 무리한 게 화근이다. 내일 점심때까지 그라츠에 못 가면 어쩌나.

손목시계로 눈길을 돌리니 지겐에서는 이미 취리히행 전철이 출발할 시간이다. 앞으로 얼마나 더 가야 하느냐고 핸들을 쥔 직녀에게 물어보고 싶은 마음은 굴뚝같았지만, 왠지 재촉하는 것 같아 물을 수가 없다. 직녀는 이대로 언제까지고 도착하지 않길 바라고 있을지도 모른다. 그러면 견우와 함께할 시간이 우주적인 길이로 연장된다. 한편 견우는 이런 우연 탓에 비밀이 탄로날지 모른다는 걱정에 화가 났는지,

줄곧 언짢은 듯 입을 다물고 있었다.

지겐에 도착한 당신은 두 사람의 이별 의식에 방해되지 않으려고 곧장 잰걸음으로 사라지려 했다. 그런데 이번에는 남자 쪽이 말했다.

"잠깐 기다리세요. 저도 취리히로 가니까 같이 가서 야간열차가 기다려주도록 교섭해봅시다."

견우와 직녀의 이별은 간결했다. 남자는 여자가 사라지자 오히려 마음이 놓였는지 갑자기 말이 많아져서, 당신은 혼자 지어낸 은하수 사랑 이야기에 자신을 잃었다. 어쩌면 이 남자는 정말로 현대음악에 중독되어 음악제에 안 가고는 못 배기는데, 그곳에 가면 어김없이 옛날 연인이 나타나서 도리어 곤혹스러워하는 건 아닐까. 여자는 만나고 싶지 않고, 현대음악은 듣고 싶다. 어떻게 해야 할까. 견우의 고민은 오히려 그런 데 있지 않을까.

취리히행 전철은 이미 출발한 후였다. 다음 취리히행 전철을 탈 수밖에 없다. 하지만 그러면 야간열차 시간에 맞출 수 없다. 남자가 역무원에게 어떻게 하면 좋겠느냐고 물어봐주었다. 일단 다음 전철을 타고, 그곳 승무원에게 사정을 설명해보라는 답변이었다. 그러면 야간열차로 연락할 테고, 얘기가 잘 풀리면 야간열차가 기다려줄지도 모른다.

당신은 체격이 좋은 견우와 나란히 플랫폼에 서서 전철을 기다렸다. 당신은 견우에게 작곡 일을 하느냐고 물어봤다. 그러자 견우는 자기는 물리학자이고 음악은 단순한 취미라고 즐거운 듯이 대답했다. 겉모습으로 판단하건대 취리히 공과대학 교수나 그 엇비슷한 자리에 있을 것 같지만, 구체적인 직업은 묻지 않았다. 상대는 신원을 밝히고 싶어하지 않는데 이쪽에서 무리하게 캐물어 새빨간 거짓말을 하게 만들면 가

여우니까.

"전 자연과학은 소학교 때부터 못해서."

당신은 그렇게 말하며 화제를 살짝 돌렸다.

"아뇨, 아뇨, 훌륭한 아티스트시잖아요. 공연 봤습니다."

남자가 조금 전에 여자가 있을 때는 하지 않았던 말을 꺼냈다. 당신은 자존심의 겨드랑이가 간질거려서 이렇게 대답했다.

"아니에요, 아티스트라뇨, 전 그런 수준이 못 돼요. 저 같은 사람은 그저 구름 따라 물 따라 이리저리 떠돌 뿐이죠."

"저처럼 메마른 일을 하는 사람에게 화려한 아티스트의 생활이란 그림 속 샴페인이나 다를 바 없습니다. 황홀하게 바라볼 뿐, 마실 순 없죠."

"천만에요. 샴페인이 아니라 개구리 오줌을 마셔야 하는 경우가 대부분인걸요. 어쨌든 아침부터 배꼽 빠지게 웃겨대고, 허풍을 떨어대고, 그림 속 꽃을 라이벌 삼아 싸우면서, 생쌀을 씹듯이 생계를 꾸려가야 하니까요. 만약 물리에 재능이 있다면 이렇게는 안 살겠죠."

남자가 큰 소리로 웃었다.

취리히행 전철이 와서, 당신과 견우는 마치 친구 사이인 양 같은 객실로 올라탔다. 국경 경찰이 장사꾼처럼 차 안을 훑고 지나간 후, 스위스 철도 승무원이 다가오자, 남자는 갑자기 스위스 방언으로 말투를 바꾸고 당신의 사정을 설명해주었다. 동향 사람이 방언으로 부탁하니 거절하기 힘든 모양이다. 방언은 돈보다 강하게 인간을 얽어맨다. 승무원은 전화로 야간열차에 연락해서 물어보겠다고 약속하고 자리를 떴다. 믿음이 가는 말투였다. 그런데 그후로 돌아오지 않았다. 어디서 노닥거리고 있겠지. 아니면 약속 같은 건 이미 까맣게 잊어버린 걸까. 이제 곧 취리히 역이라는 안내방송이 나왔을 때에야 가까스로 숨을 헐떡거리며 돌아온 승무원이 사과했다.

"죄송합니다. 무슨 영문인지 전화가 계속 연결되질 않아서요. 야간열차는 이미 출발했다는군요."

거짓말 같지는 않았다. 당신은 배에서 힘이 쭉 빠지는 느낌이 들었다. 오늘밤에는 취리히에서 묵을 수밖에 없는 걸까. 내일 새벽 열차가 있다 해도 점심 전까지 그라츠에 도착할 수는 없을 것이다.

"지금 같이 창구로 가서 상담해보죠."

견우가 그렇게 말하며 일어섰다. 꽤나 자신 있는 말투라, 당신은 거인에게 업혀 하늘을 나는 듯한 심정으로 따라나섰다. 남자는 창구에서 또다시 스위스 방언으로 상대를 획획 떠밀듯이 질문을 거듭했다. 한참 지난 후, 당신 쪽을 돌아보며 메모를 건네주었다.

"지금 빈행 야간열차가 올 테니 그걸 타고, 새벽 네시에 잘츠부르크에서 내리세요. 거기서 그라츠행 첫차를 타면 점심에는 도착할 겁니다."

당신은 마술이라도 본 것처럼 멍해졌다. 속은 것 같기도 하고 구원받은 것 같기도 한 기분이다. 그런가, 방향이 조금 다른 야간열차를 타고 가다가 갈아타는 식으로 궤도를 수정하면 시간에 맞출 수 있는 건가. 그렇게 생각하는 방식도 있다.

"정말 신세 많이 졌습니다. 만약 당신이 없었으면, 어쩔 줄 모르고 쩔쩔맸을 거예요."

"그라츠 공연도 힘내서 잘하세요."

"당신도 건강하세요."

여자분에게도 안부 전해주세요, 라고 말하려다 당신은 입을 다문다. 남자의 외도 목격자가 될 생각은 없었다. 물론 주소도 주고받을 수 없다. 다음에 취리히 어딘가에서 우연히 마주친다 해도 상대는 낯선 타인처럼 행동하겠지. 어쩌면 상대는 아내와 함께 있을지도 모른다.

당신은 열차에 올라타자마자 담요로 탐욕스럽게 몸을 휘감았다. 절반으로 토막난 잠을 이 차량에서 사들였다. 새벽 네시에는 따뜻한 잠자리와 이별하는 순간이 찾아올 것이다. 그런 괴로운 상황을 피하려고 늘 빈틈없이 계획을 세우고 시간에 맞추려 애를 썼는데, 왜 이런 꼴을 당해야 한단 말인가. 당신은 밤을 절단당하는 게 끔찍이 싫다. 하지만 실제로 그런 운명을 눈앞에 맞고 보니 신선함이 전혀 없는 것도 아니었다.

열차는 어느새 달리고 있었다. 얕은 잠의 표면을 미끄러져갔다. 한번, 열차가 한동안 멈춰 서고 사람들 목소리가 들린 것은 스위스와 오스트리아의 국경이었을까. 깊은 잠 속으로 막 빠져들기 시작한 순간 눈이 번쩍 뜨였다. 취리히 친구에게 전화하는 걸 깜박한 게 그제야 떠올랐다. 그녀는 플랫폼에서 기다리다 지쳐 다시 집으로 돌아갔겠지. 모처럼 찾아온 절호의 기회를 이용해 긴 바짓자락처럼 질질 끌어온 문제를 해결하려 했는데, 외려 상대를 불러내 속인 셈이 되고 말았다.

당신은 그녀가 학창 시절에 쓴 시가 마음에 들어서, 그것을 기타 연주자인 젊은 남자에게 보여준 적이 있다. 아직 발표하지 않은 시였고, 당시 그 복사본을 갖고 있던 사람은 당신뿐이었다. 그 시들이 무척 마음에 들었던 남자는 어감만 조금씩 바꿔서 무단으로 곡을 붙여 노래했고, 머지않아 유명해졌다. 그녀는 당신이 남의 시를 무단으로 팔아넘겼다고 오해하고 있을 게 틀림없다. 그런 비슷한 비난을 다른 사람에게 들은 적이 있다. 직접 만나 그런 사정을 설명하고 사과해야 한다고 생각하면서도 줄곧 스위스까지 올 여유가 없었다. 이제야 간신히 왔는데, 바람맞히고 그냥 지나쳐버린 것이다.

새벽이라기보다는 한밤중에 잘츠부르크에 도착해 열차에서 내렸다. 범죄의 냄새는 전혀 없었다. 오히려 벌써 일하러 나가는 노동자의 숨결이 들려오기 시작했다. 춥다. 당신은 외투 앞섶을 목을 조를 듯이 부여잡고 부들부들 떨고 있었다. 낯선 시간 속으로 던져졌다. 출발점과 도착점은 그대로인데, 그 사이의 시간과 공간이 꾸깃꾸깃 구겨졌다.

그라츠행 첫 열차에 오르자, 좌석에서 어젯밤의 냄새가 희미하게 피어올랐다. 어젯밤 누군가가 이 자리에서 담배를 피우고 소주를 마신 모양이다. 밖이 차츰 밝아진다. 새들이 지저귀는 소리가 토막토막 스쳐지나간다. 시골 작은 역에서 열서너 살 소년, 소녀 들이 우르르 올라탔다. 안으로 들어오자마자 교과서를 펼치고 복습하기 시작했다. 오늘이 시험인가보다. 당신은 갑자기 타인의 일상 속으로 뛰어들고 말았다. 한 아이가 당신 쪽을 슬쩍 훔쳐보다, 눈이 마주치자 다시 교과서로 시선을 돌렸다. 그 순간, 아이의 마음속에 떠오른 말은 무엇일까. 당신도 옛날에는 어린아이였다. 여느 때처럼 공원에서 놀고 있는데, 어디선가 불쑥 배낭을 멘 외국인 여행객이 나타나 벤치에 드러누워 잠들어버린 모습을 보지 않았던가. 아이들은 오랜 여행의 피로도 바다의 크기도 모른다. 그런데도 그 모든 것을 짊어진 그의 육체가 신비로운 종합체로 아이의 눈앞에 나타나 뭔가를 암시하지 않았던가.

세번째 바퀴

자그레브로

이것은 아직 구유고슬라비아 연방이 있었을 무렵의 얘기다. 당신은 아직 학생이었고 청바지도 달랑 하나뿐이라, 당신이 얼굴을 발갛게 물들이며 미래의 무대예술 같은 얘기를 해도 주위의 연장자들은 그저 옅은 미소를 머금을 뿐이었다. 왜냐하면 당신은 아직 한 번도 무대에 서본 적이 없었고, 글을 발표한 적도 없었고, 대학 문학부에는 어중간하게 매달려 있을 뿐이었고, 태어나서 단 한 번도 누군가에게 대단한 녀석이라는 말을 들어본 적이 없었기 때문이다. 그래도 초조함은 없었다. 어디에 도달하고 싶은지, 목적지가 얼마나 멀리 있는지조차 상상할 수 없었고, 한 인간에게 주어진 시간이 얼마나 되는지도 생각해본 적 없었다. 특히 여름방학에는 끝도 없이 차고 넘치는 액체 상태의 시간 속을 떠다니며 이유도 없이 다른 나라를 방황하면서도, 쓸데없는 짓이라는 생각조차 해본 적이 없었다. 당신은 이탈리아를 둘러보았다. 로마에는 전 세계 자본주의국가에서 엇비슷한 배낭을 멘 젊은이들이 모여들었고, 같은 반 친구인 양 인사를 주고받았다. 광장에 가서 분수대 가장자리에 걸터앉아 종잡을 수 없는 얘기를 나누기도 했다. 스파게티를 먹으러 가자며 여러 명이 레스토랑을 찾아 마을 이곳저곳을 돌고, 너무 비싸 들어갈 가게가 없어 결국 조그만 식료품점에서 빵과 물을 사다 끼니를 때우기도 했다. 다들 서로 비슷한 처지에 있다고 느꼈다. 어찌된 영문인지 하나같이 자기는 전쟁을 싫어하고 여행을 좋아한다고 굳게 믿었고, 돈이 없는 것과 아직 일도 가족도 없는 게 공통점이라고 막연히 느꼈다. 그러나 지금 돌이켜보면, 모두의 공통점은 오히려 돈이 있는 것이었다는 생각이 든다. 돈이 있다는 것은, 양의 문제가 아니라 자기가 늘 사용하는 돈을 외화로 교환할 수 있다는 의미다.

당신은 밀라노에서 트리에스테로 갔다. 아드리아 해 표면에서 튀어오르는 햇살이 공기의 프리즘을 통과해 굴절되고 분산되어, 당신은 현기증을 동반한 소외감을 느꼈다. 웬일로 머릿속에 '따분하다'는 말이 떠올랐다. 너무나 아름답다는 생각도 들었다. 원래부터 벽에 붉은 기가 감돌던 집들이 저녁노을에 붉게 물들어 바닷가 언덕에 늘어서 있었다. 붉은색을 가까이하면 붉어진다고들 하는데, 본래부터 붉은 것도 있구나 하고 당신은 생각했다.

트리에스테에서는 자그레브행 야간열차를 타려고 역으로 갔다. 드디어 유고슬라비아로 들어서는구나 하는 생각이 들었다. 어느새 해가 지기 시작한 역 구내에는, 지중해와는 동떨어진 분위기가 넘쳐흘렀다. 시베리아의 냄새, 슬라브의 온기, 겨울, 모피, 퀴퀴한 담배, 마늘의 냄새가 감돌았다.

유고슬라비아에 가기로 한 이유는 비자가 필요 없었기 때문이다. 그 당시 사회주의국가에서 비자 없이 입국할 수 있는 곳은 이 나라뿐이었다. 다른 나라에 가려면 몇 달 전부터 수속을 밟아야 했기 때문에, 발길 닿는 대로 떠도는 여행을 흉내내는 여행자에게는 성가신 일이었다. 물론 그런 이유만으로 유고슬라비아에 간 건 아니지만, 그 밖의 이유는 너무나 막연했다. 유고슬라비아에 왜 가느냐는 질문을 받으면 당신은 대답하기 곤란했다. 유고슬라비아라는 이름을 듣는 순간 머릿속에 용솟음친 잡다한 영상, 그 어수선한 뒤엉킴이 당신에게 어떤 예감 같은 걸 주었지만, 그걸 설명하긴 어려웠다.

어두침침한 역 대합실에 눈이 익숙해지자, 차츰 사람들의 윤곽에 색채가 깃들며 세세한 부분까지 보이기 시작했다. 예를 들면 앞에서 몸을 굽혔다 펴면서 운동을 하는 것처럼 보였던 남자는, 찬찬히 보니 자기 다리에 두툼한 진남색 천을 휘감고 검 테이프로 동여매고 있었다. 더 자세히 살펴보니 천이 아니라 청바지다. 청바지를 입지 않고 다리에 붕대처럼 휘감는 사람이 과연 있을까? 오른쪽 허벅지에 하나, 왼쪽 허벅지에 하나를 휘감고 검 테이프로 동여맸다. 남자는 또다시 양쪽 장딴지에도 하나씩 휘감아 붙이고, 마지막으로 그 위에 두툼한 작업복 바지를 껴입었다. 통통한 하반신이 여위고 뼈가 앙상한 얼굴과 어울리지 않아 겉돌았다. 당신은 사회주의국가에서는 뜻밖의 물건이 비싸다는 사실을 떠올렸다. 좋은 청바지라면 소련에서는 모피코트와 교환해준다는 얘기를 들은 적이 있다. 그렇다면 저 남자는 이탈리아에서 유고슬라비아로 청바지를 밀수하려는 건지도 모른다.

낡은 밤색 양복을 입고 몸집이 작은 두 남자가 짧은 영어로 당신에게 말을 건넸다. 한 사람은 눈가가 부어올라 붉게 물들고 눈에는 눈물이 얇은 막을 치고 있었다. 귀신 같은 눈이다, 당신은 불현듯 그런 생각이 들었다. 지금 말하고 있는 사람은 다른 한쪽이다. 당신이 어디로 가는지 알고 싶은 모양이다. 당신은 솔직하게 자그레브에 가고 싶다고 대답했다. 그러자 두 사람은 입을 모아, 저 열차는 안 좋으니 자기들이 자동차로 태워다주겠다고 말한다. 당신은 열차가 안 좋다는 표현에 어리둥절하다. 안 좋은 열차란 어떤 열차일까. 아무리 기다려도 오지 않는 열차, 아무리 기다려도 출발하지 않는 열차. 당신은 두 사람의 얼굴을 바라본다. 아무리 기다려도 목적지에 닿지 않는 열차는 안 좋은 열차일까. 두 사람은 당신이 당혹스러워하는 것을 눈치채고, 저 열차는 속도가 느리고 의자가 낡아 딱딱하다고 말했다. 당신은 두 사람의 얼굴이 아보카도 두 개처럼 많이 닮았음을 알아챈다. 한 사람이 날카로운 시선을 당신의 손목시계로 던졌다. 로마 길거리에서 기념으로 산 싸구려 시계다. 그러나 그의 눈에는 한순간 굶주림의 섬광이 번득였다. 마각馬脚을 드러낸 것일까 하고 당신은 한순간 의심했다. 악마는 말처럼 발굽이 있다고 한다. 두 남자는 신발을 신고 있어서 발굽이 있는지 없는지 보이지 않는다. 그들의 차에 타버린다면 내 몸의 열쇠를 악마에게 맡기는 거나 다름없고, 돈이 돈을 부른 게 아니라 돈이 없는 내가 돈을 노리는 인간을 불러들인 꼴이라고 생각했다. 두 사람은 당신의 팔을 슬쩍 건드리며 차로 가자고 계속 유혹했다. 당신은 자기 의사와는 반대로 고개를 끄덕이고 한 발짝을 내디디고 말았다. 흡사 최면술에 걸린 것 같았다. 그래, 이미 시작한 얘기에서 물러설 순 없어, 지옥에 가도 친구는 생긴다, 이렇게 된 이상 갈 데까지 가보자, 독을 마실 바엔 그릇까지 핥아야지, 범죄자의 촌극을 끝까지 지켜봐주자 등등 마음에도 없는 생각이 당신의 머릿속을 스치고 지나갔다.

바로 그때 옆에서 체격 좋은 오십대 여자가 다부진 발걸음으로 다가왔다. 민화풍 색조의 치마와 스카프가 그림책에 나오는 농촌 아낙네 같았지만, 말투는 또랑또랑하고 영어 표현도 정확했다. 이 사람들은 나쁜 사람이니 따라가면 안 된다고, 차에 태워서 당신 시계를 빼앗을 속셈이라고 했다. 두 남자는 머리를 얻어맞은 조그만 어린애처럼 목을 움츠리며 슬금슬금 도망쳤다. 당신은 여걸에게 감사 인사를 했다. 주위를 둘러보니 그 여자만 유달리 다부진 게 아니고, 분위기가 비슷한 여자 여러 명이 서서 이쪽을 향해 미소를 건네는데 하나같이 탄탄한 체격이었다. 당신은 갑자기 눈앞이 환해진 느낌이 들었고, 행선지 표시판이 눈앞에 있는 것을 알아차렸다. 자그레브, 그렇다, 당신은 자그레브에 가려는 것이다.

그건 그렇고, 조금 전 남자들이 정말로 나쁜 짓을 할 작정이라면, 쌍둥이가 나란히 얼굴을 드러내는 어리석은 짓은 삼가는 게 좋지 않을까. 그래서야 눈에 띌 수밖에 없다. 쌍둥이라는 점을 이용해 알리바이 공작이라도 하는 게 더 낫겠다며 당신은 쓸데없는 생각을 해본다. 선한 길에서 나약한 자가 무심코 악한 길로 들어서버리고, 거기에서도 나약함을 훤히 드러내며 일하는 경우가 종종 있다. 이탈리아에서는 이따금 주위를 맴돌며 수상한 눈빛으로 이쪽을 살피는 남자들이 있었다. 당신이 노려보면 슬금슬금 도망쳤다. 풋내기 눈에도 빤한 짓을 왜 하고 다닐까 하는 마음에 보고 있노라면 이가 근질거릴 정도로 답답했다. 뱃속에 칼을 품고 다니면, 그것이 눈을 꿰뚫고 드러나기 마련이다. 먼저 자기 자신부터 속여야 한다. 당신은 먼 훗날 자신이 기술을 갈고 닦아 사기꾼이 될지도 모르겠다는 생각이 들었다. 그러나 그때는 스스로도 자기가 날조해낸 얘기를 굳게 믿고 있을 게 틀림없다. 나는 세계 최고의 무대예술가다, 지금 멋진 구상이 머릿속에 들어 있지만, 공교롭게도 집에 도둑이 들어 재산을 잃고 말았다, 한 번만 큰 공연을 하게 밀어주면 반드시 다시 일어설 수 있는데, 하는 말로 자기를 팔아 돈을 투자하게 만들어 공연을 하고, 돈을 벌어들이고 유명해진다.

원숭이가 달을 딴다는 식의 얘기라도 말만 잘하면 믿어주지 않을까. 믿음을 얻으면 몸이 부서지도록 일하자. 가루가 된 몸은 하얀 마약 가루처럼 주위 사람들을 취하게 만들지도 모른다. 일단 성공을 거두고 나면, 당신이 거짓으로 출발한 일 따위는 더이상 아무도 개의치 않을 것이다. 뼈를 깎아 만든 하얀 비료는 영양이 풍부하니 돌 위에서도 꽃을 피우리라.

어스름한 역 대합실에서는 여전히 밀수 준비가 착착 진행되고 있었다. 모두 다 가정적인 온기가 느껴지는 수제手製 밀수였다. 바구니 바닥에 담배를 감추고 그 위에 달걀을 잔뜩 올리거나 겉옷 안감에 구멍을 내서 그 속에 담배를 숨기고 다시 꿰매는 등, 자잘한 작업이 눈이 돌아갈 정도로 바쁘게 이어졌다.

선로를 삐걱삐걱 울리며 육중한 차량이 플랫폼으로 들어섰다. 그때 당신은 침대권 같은 건 당연히 없었다. 딱딱한 나무의자에 앉아 자는 것이다. 열차는 양쪽 끝이 보이지 않을 정도로 길었다. 대합실에는 수많은 사람들이 기다리고 있었는데, 막상 긴 플랫폼에 흩어지고 보니 그다지 수가 많지 않아, 열차는 전혀 혼잡할 것 같지 않았다. 당신은 아무도 없는 객실로 들어갔다. 그러자 그 뒤를 쫓듯 남녀 세 사람이 같은 객실로 들어왔다. 여기 말고도 빈 객실이 많을 텐데 이상하다 싶었지만, 헬로라며 친숙하게 건네는 인사를 받자 다른 객실로 옮기고픈 마음도 들지 않았다. 게다가 혼자 있는 것보다는 여러 명이 함께 있는 게 안전할지 모른다.

당신이 배낭을 선반에 올리려 하자, 눈꺼풀 한쪽이 부은 남자가 갑자기 당신 팔에 손을 얹더니 잠깐 기다리라고 눈짓했다. 그러고는 목소리를 낮추고서, 트렁크가 꽉 차서 더이상 넣을 데가 없으니 이 커피봉지를 당신 배낭에 잠깐만 넣어달라며, 5백 그램쯤 되는 원두커피 종이봉지 두 개를 외투 안주머니에서 꺼내 당신에게 건넸다. 당신 배낭에는 아직 여유가 있었다. 기념으로 뭘 사갈 경우를 대비해 공간을 비워뒀기 때문이다. 청바지 하나에 티셔츠 두 장에 속옷뿐이라 애당초 짐은 적다. 당신은 아무 생각 없이 흔쾌히 승낙하고, 커피봉지를 배낭 옆 주머니에 넣었다. 그러자 나머지 두 사람도 품에서 똑같은 커피봉지를 두 개씩 꺼내서 당신에게 건넸다. 지금 돌이켜보면, 그때 아무 의심도 하지 않았던 스스로가 이상하다. 낯선 타인에게 넣을 데가 없으니 커피를 잠깐 배낭에 넣어달라고 부탁하는 사람이 이 세상 어디에 있겠는가. 그러나 그때 당신은 아무 생각 없이 기꺼이 부탁을 들어주었다. 긴 여행에서 누구에게도 도움이 되지 못하고 일방적으로 남에게 신세만 지는 처지가 내심 진력나서, 모처럼 남에게 도움이 되는 게 기뻤는지도 모른다.

손에 닿는 감촉으로 봐서 내용물이 마약 같은 게 아니라 커피원두임은 확실했지만, 갈지 않아서 그런지 향기는 전혀 없었다. 커피를 품에서 꺼내고 나니 세 사람은 생각보다 마른 체형이었다. 그들뿐 아니라 이 열차에 탄 사람들은 모두 날씬한데 밀수품 솜옷을 두껍게 껴입어서 위풍당당하게 보이는지도 모른다. 다리가 굵은 사람은 다리에 청바지를 휘감고 있다. 허리가 굵은 사람이나 가슴이 불룩한 사람은 원두커피를 품속에 감추고 있다.

이윽고 열차는 서서히 움직이고, 나머지 세 사람은 슬라브 쪽 언어로 조용히 잡담을 주고받기 시작했다. 그 당시 당신은 러시아어를 배우고 있었고, 『세르보크로아트어 회화집』이라는 책도 주머니 속에 있었지만, 물론 그들의 대화 내용은 알아들을 수 없었다. 지금은 세르비아어가 있고 크로아티아어라는 전혀 다른 언어가 있어서, 세르보크로아트어라고 말하면 꾸중을 듣는다. 그러나 역시 이 두 언어가 매우 유사한 건 틀림없다. 물론 당신은 그때 들은 말이 세르비아어였는지 크로아티아어였는지 물으면 대답할 수 없을 것이다. 어쩌면 한 사람은 크로아티아어, 다른 한 사람은 세르비아어, 세번째 사람은 또다른 언어로 얘기했을지도 모른다.

당신은 의미를 알 수 없는 경쾌한 언어의 리듬에 흔들리며 꾸벅꾸벅 졸기 시작했다. 그것은 유년기로 되돌아간 느낌이기도 했다. 어른들이 무슨 얘기를 나눈다. 그 내용을 이해 못하는 것 따윈 신경쓰이지 않는다. 어절이 파도처럼 밀려들었다 물러나고, 모음과 자음이 불규칙한 리듬을 새긴다. 언어는 규칙적인 심장 고동을 거스르며, 암흑 같은 잠에 안정감 없는 울긋불긋한 영상과 공복감을 불러왔다. 선로 소리는 심장 고동처럼 규칙적이지만, 인간이 쏟아내는 소리는 그 속도가 끊임

없이 변해간다.

별안간 관리직원의 목소리가 들리고, 담소가 중단되었다. 당신은 눈을 번쩍 떴다. 제복을 차려입은 남자 두 명이 권총을 어깨에 메고 서 있었다. 나머지 세 사람은 당황하는 기색도 없이 턱으로 파리를 쫓는 듯한 무기력한 모습으로 일어서서, 신분증명서를 건네주고 범죄자처럼 양손을 들었다. 제복을 입은 남자 중 한 사람이 총을 어깨에서 내려 손에 들었고, 다른 한 사람이 몸수색을 시작했다. 윗옷 안주머니를 꼼꼼히 조사한다. 원두커피는 이미 거기에 없었다. 당신은 가슴이 철렁 내려앉았다. 세 사람의 몸에서는 아무것도 발견되지 않았다. 조사를 받는 동안, 세 사람은 기묘하게 무표정한 얼굴을 만들어내고 있다. 마치 자신은 짚인형이라는 듯한 표정이었다. 조사를 받은 사람부터 차례대로 복도로 내보내졌다. 마지막으로 당신 차례가 왔다. 당신의 자본주의국가 여권을 본 제복 남자는 당신 짐이 어떤 거냐고 물었다. 당신이 배낭을 손가락으로 가리키자, 남자는 고개를 끄덕였다. 그리고 당신도 복도로 나갔다. 제복을 입은 두 남자는 모두 나간 객실의 의자를 차올리고 좌석 밑에 뭘 숨기지 않았는지 조사했다. 그리고 등받이의 바느질 솔기를 조사했다. 등받이 속에 밀수품을 넣고 꿰매는 사람도 있는 걸까. 그후 짐 검사가 시작되었다. 트렁크를 하나하나 열고 안을 이리저리 뒤적거린다. 소지품 가방까지 열어 샅샅이 조사하고, 양말 속까지 들여다봤다.

당신은 차츰 침착함을 잃기 시작했다. 그들은 당신이 커피를 3킬로 그램이나 갖고 있는 것을 발견하면 뭐라고 할까. 이탈리아에서 커피를 들여오는 게 금지된 건 아닐까. 커피와 바나나는 제3세계에서 값싼 임

금으로 재배시키기 때문에 식민주의의 상징이며, 청바지와 코카콜라
는 미국 숭배의 상징이라고 언젠가 친구가 말했었다. 그래, 그런 물건
을 동유럽으로 들여가는 나는 감옥에 가게 될지도 모른다. 당신은 골
똘히 생각에 잠겼다. 영문도 알 수 없는 나라에 와서 이런 부조리로 감
옥에 가게 될 줄은 꿈에도 몰랐다. 악의 길로 들어서는 것은 옆 마을에
발을 들여놓는 것보다 쉽다. 경계선이 눈에 보이지 않으니 선을 넘어
서고도 알아채지 못한다. 자각증상도 없이 차츰 악인이 되어간다. 아
니, 애당초 남에게 도움이 되겠다고 생각한 게 잘못이라고 당신은 반
성했다. 나는 남에게 도움이 될 만한 인간이 아니다. 흔들리는 밤기차
에 몸을 맡기고 의미도 없이 인생을 축내는 인간인 것이다. 그것을 잊
어선 안 된다. 자만이 하늘을 찌르면 언젠가 반드시 큰코다치는 법.

　제복을 입은 남자들은 다른 세 사람의 짐을 철저히 조사한 후 객실
에서 나갔다. 놀랍게도 당신 배낭에는 손끝도 대지 않았다. 애초에 검
사하는 수고를 한 사람분 줄이려고 당신 짐이 어느 건지 먼저 물어본
모양이다. 당신은 속은 기분이었다. 별안간 웃음이 솟구쳐 올랐다. 그
렇지, 자본주의국가 사람이 식민주의의 상징인 커피를 가지고 있다손
치더라도 그건 지극히 당연한 일이니 조사해도 별수없겠구나 하고 멋
대로 해석하고, 당신은 그런 자기 해석에 소리 내어 웃었다.

　나머지 세 사람은 그후로 십오 분가량 얼어붙은 듯한 무표정으로 있
었지만, 한 사람이 갑자기 미소를 되찾자 다른 두 사람도 표정을 풀며
당신에게 미소를 건넸고, 당신 배낭에서 커피봉지를 꺼내 각자의 짐
속에 넣었다. 그리고 감사의 표시인지 달지 않은 조그만 비스킷 같은
것을 두 개 건넸다.

네번째 바퀴

베오그라드로

자그레브 역에 도착한 때는 이른 아침이었고, 밤에 푹 젖은 무거운 몸을 이끌며 당신과 함께 열차에서 내린 사람들은 그 밖에도 분명 많았을 것이다. 그런데 플랫폼에 서서 옷깃을 추스르며 사방을 둘러보니, 사람들은 어느새 냉랭한 새벽 공기 속으로 빨려들듯이 사라지고 없었다. 모래색 살갗의 건물, 그 자리에 안 어울리게 큰 소리로 지저귀는 작은 새들의 합창. 역에서 나온 당신은 무작정 걷기 시작했다. 맞은편에서 누가 오면 길을 물어볼 생각이었다.

오직 교회만 살아 있는 것처럼 생생해 보인다. 그 밖에는 생명체의 기척조차 없다. 좌우로 시야를 가로막는 벽이 이어져 있다. 한참을 걸어가자 마침내 벽이 끊기고 안뜰이 보였다. 스카프로 머리를 휘감은 여자 하나가 몸을 웅크리고 앉아 있었다. 대야 속에서 손이 움직인다.

빨래라도 하는 걸까? 여자는 인기척을 느꼈는지 얼굴을 들고 길가에 우두커니 서 있는 당신의 얼굴을 봤지만, 웃지도 놀라지도 않고 마치 그 자리에 있을 리 없는 뭔가를 보고 만 것처럼 고개를 좌우로 흔들고는 이내 다시 대야로 시선을 돌렸다. 나는 여기에 있을 이유가 없으니 없는 거나 다름없구나 하고 당신은 생각했다. 여전히 잠들어 있던 다리가 조금 가벼워졌다.

당신은 불현듯 지난밤 발끝에 묘한 감각이 느껴졌던 것을 아주 오랜 옛일처럼 떠올렸다. 발목까지가 내 몸이고, 거기서부터 끝까지는 크기가 안 맞는 신발을 대충 꿰신은 것 같은 감각이었다. 이게 정말로 내 발등, 발가락일까. 마비되어 있다. 차갑고 감각이 없다. 그래도 제발 자르거나 하진 마세요. 도끼를 손에 든 나무꾼의 구레나룻이 보여 당신은 기겁을 하며 소리쳤다. 자르지 마세요. 그쯤에서 잠이 깼다. 어디선가 차 안으로 찬바람이 숨어들었고, 그 기류가 마침 발에 닿았는지 발이 냉랭해져 있었다. 뚫어져라 응시하듯 발을 바라보고 있자니, 냉기의 흐름까지 보이는 기분이었다. 복사뼈도 경계의 일종이다. 당신은 두 발을 배 쪽으로 끌어당겨 좌석 위에서 누에고치가 되었다. 발레를 배운 유년 시절부터 늘 근육 이완 운동을 해서, 몸은 남들에게 섬뜩하다는 말을 들을 정도로 유연했다.

당신은 벽이 끊긴 부분을 지나친 후에야 걸음을 멈추고, 돌아가서 그 여자에게 길을 물어볼까 했지만, 망설임이 앞섰다. 말이 통하지 않는 건 딱히 걱정되지 않지만, 우리가 같은 장소에 동시에 존재한다는 사실을 인정해주지 않을 것 같은 불안이 느껴졌다. 그 망막 속에 나는 존재하지 않았다.

돌길에는 불규칙적인 모양의 작은 돌들이 어긋물려 있었다. 군데군데 삐딱하게 기울어진 돌이 있어 몇 번인가 발이 걸려 넘어질 뻔했다. 아래를 보고 걷기로 했다. 당신은 자기가 발을 끌면서 걷는 것을 알아챘다. 내가 언제부터 발을 끌며 걸었을까. 울퉁불퉁한 길의 굴곡보다 발을 들어올리는 폭이 작다. 이래서야 발이 걸릴 수밖에.

오늘 발바닥에서 불안이 느껴진 것은 이게 처음은 아니었다. 당신은 오늘 아침 야간열차에서 플랫폼으로 내려설 때, 가파른 계단이 무서워서 노인처럼 난간을 꽉 움켜쥐고 내려왔다. 고작해야 세 칸이고 차체와 플랫폼의 높이차는 1미터도 채 안 될 정도였지만, 마치 건물 외벽에 설치된 나선계단을 10층에서 뛰어내려오는 것 같은 공포에 다리가 절로 움츠러들었다. 발이 닿는 지면이 늪지인지 수면인지 불에 달궈진 돌인지 탐색하듯 신발코로 찔러본 후에야 내렸다. 열차의 어깨에 걸터앉아 지상의 더러움을 모른 채 밤을 꿰뚫고 지나온 정령이 처음으로 땅 위에 내려설 때, 발끝이 이렇게 붓고 파리해 보이지 않을까.

검은 고양이가 길을 가로질러갔다. 당신 쪽은 쳐다보지 않았지만, 당신이 걷는 속도를 정확히 가늠해서 너무 가까워지지 않게 스쳐지나갔다. 앞에서 낡고 후줄근한 윗옷을 걸친 사십대 남자가 걸어왔다. 당신은 말을 건넬까 했지만, 너무 갑자기 정면에서 나타나는 바람에 주눅이 들어 시선을 피하고 말았다.

멀리서 활기찬 시장 소리가 들려오는 것 같아 그쪽으로 걸어갔다. 길은 돌바닥에서 사람들의 발길에 굳게 다져진 맨땅으로 바뀌었다. 마을 중심으로 향하고 있는 건지 어떤지 자신이 없었다.

이리저리 헤매는 사이 공원이 나왔다. 나무숲 뒤편은 언덕이었고,

거기에 죽 늘어선 건물의 창이 눈동자 없는 눈으로 당신 쪽을 내려다보았다. 높이가 꽤 되는 건물인데 층수는 3, 4층뿐이었고, 세기世紀를 견뎌온 칙칙한 벽 색깔은 금방이라도 비가 내릴 듯한 표정을 짓고 있었다. 하늘은 차츰 갰다.

당신은 언덕길을 올라갔다. 마을로 들어서자, 사람이 많이 걸어다녔다. 수많은 사람들을 보자, 당신은 뭘 물어보려 했는지 잊고 말았다. 길을 묻는다 해도 어디로 가는 길을 물을 것인가. 당신은 이 마을 어디로 가고 싶은 걸까. 갈 곳이 아무데도 없다. 숙박을 하지 않고 그날 야간열차로 베오그라드로 향할 예정이었다. 환한 낮 시간을 마을에서 보내고 또다시 밤의 시간으로 돌아갈 셈이었다.

뒤에서 젊은 남자의 부드러운 목소리가 말을 건넸다. 당신이 돌아보니 물빛 와이셔츠의 단추를 목까지 채운 스무 살가량의 청년이었는데, 뭘 찾으시나요, 라고 예의바르게 물었다. 러시아어였다. 당신은 그 당시 러시아어를 공부하고 있어서 뜻은 이해했지만, 대답이 막혔다. 하고픈 말을 러시아어로 번역할 수 없는 게 아니라 하고픈 말이 없었기 때문이다. 나는 어디로 가고 싶은 걸까. 어쩌면 하고픈 말은 있었는지도 모르지만, 그것은 아직 언어의 영역에 도달하지 못했다. 말이 되기 이전의 '뭘 찾고 있는가'의 내용은 어떤 것일까. 야간열차의 선로 소리 같은 걸까.

당신은 고심한 끝에 관자놀이에서 없는 지혜를 짜내어 이 마을을 구경하고 싶다고 대답했다. 청년이 자기랑 같이 미술관에 가겠느냐고 물었다. 당신은 망설임 없이 가고 싶다고 대답했다. 미술관에 가고 싶지 않을 이유가 없다. 마침내 갈 곳이 정해지자 마음이 놓였다. 게다가 이

마을 사람과 대화로 이어지면서 가까스로 스쳐지나가는 바람 같은 존재에서 방문자로 탈바꿈했다는 생각이 들었다.

청년이 데려간 곳은 미술관이라기보다는 사회복지센터 같은 곳이었다. 입구에 매직펜으로 '공산당청년부 회화전'이라는 글자가 적혀 있었다. 청년은 옆에 서서 당신의 시선을 열심히 좇으며 그림을 한 장 한 장 설명해주었다. 슬롯머신 같은 기세로 말이 튀어나오는 그 설명은 잘 이해가 가지 않았다. 그림도 망막에 와 닿지 않았다. 이따금 청년의 얼굴이 선명하게 떠올랐다. 우유를 굳힌 것 같은 피부, 연어 조각 같은 입술. 착실하다는 건 이런 모습을 두고 하는 말일까, 머리카락 한 올을 뽑아 조사해도 좋은 사람일 거라는 느낌이 든다. 그러나 완벽하게 좋은 사람은 절대로 나쁜 짓을 하지 않을까. 그런 생뚱맞은 의문이 불현듯 싹트기 시작하며 당신 머릿속에 떠올랐다. 예를 들면 좋은 사람은 당신을 인적이 드문 뒷골목으로 끌고 가서 때리고 돈을 뺏어 가는 짓을 절대 하지 않을까. 하지 않는다면 그 이유는 뭘까. 아니면 상황에 따라서는 그런 짓도 할 수 있을까. 그림을 다 둘러본 후, 즐거운 여행이 되길 바란다고, 곤란한 일이 있으면 전화하라며 종잇조각에 연필로 전화번호를 써서 건네주었다. 당신이 쓰는 숫자와 똑같은데도 상형문자처럼 보였다. 번호를 메모할 때, 종잇조각을 찾지 못해 애를 먹었다. 주머니를 여기저기 뒤적였지만 신분증 같은 것과 지갑뿐이었고, 가까스로 찾아낸 영수증은 모두 필요할 법한 것들뿐이라, 당신은 주변에 광고지 같은 게 있겠지 하며 회관 출구 언저리를 돌아봤지만, 그런 것은 전혀 눈에 띄지 않았다. 이 나라에는 쓸데없는 광고 같은 게 거의 없다는 사실을 그때 처음 알아차렸다. 청년은 쓰레기통 안을 들여다보더니, 버려진 신문 한 귀퉁이를 찢어 거기에 번호를 적어주었다.

마을 광장 분수대에 대학생으로 보이는 남녀 몇 명이 앉아 있어 당신도 자리를 잡고 앉았다. 다리가 아팠다. 그러자 여학생 하나가 슬며시 다가오더니, 오늘은 날씨가 따뜻하네요, 라며 친구처럼 말을 건넸다. 우아한 영어였다. 집이 근처에 있다느니 이제 곧 국제음악제가 열린다느니 하는 얘기를 들려준 후, 우리 나라에서 만든 라디오나 카메라는 성능이 안 좋은데, 그런 우리를 경멸하세요? 하고 물었다. 당신은 그런 질문을 받아본 적이 없어 대답하기 곤란했다. 너무 난처한 나머지 나는 성능이 안 좋은 기계가 좋다고 말해버렸다. 왜 그런 말을 했는지 당신 자신도 알 수 없었고, 그런 말을 한 것은 그때뿐이었다.

이제 어디로 갈까 하며 주위를 둘러보고 있으니, 또다시 누군가 말을 건넸다. 이번에도 스무 살가량의 청년인데, 껌을 씹는 듯한 입매, 기름으로 매만진 머리칼, 노타이셔츠, 홀쭉한 허리, 청바지, 어딘지 모르게 불량한 기운이 감돌았다. 건네는 말도 자기 식 영어였고, 당신이 러시아어로 대답하자 얼굴을 찡그리며 러시아어는 싫다고 말했다. 당신은 영어로 대화하기로 했다. 유고슬라비아에서 가장 맛있는 음식을 대접해주겠다고 하기에 따라갔더니 피자 가게였다. 지름 15센티미터짜리 피자를 알루미늄 포크로 누르고 나이프로 쓱쓱 문지르듯 잘랐다. 당신은 속으로 슬라브와 이탈리아가 잘 연결되지 않는 기분이 들었다. 청년도 아무 말 없이 먹는 데 열중했다. 다 먹고 나자 이번에는 재미있는 영화를 보러 가자고 했다. 그를 따라가니 박물관 같은 건물 앞에 젊은이들이 늘어서 있었다. 청년이 표를 사주었다. 내부의 벽도 빛이 바랬지만, 역사적인 풍격이 느껴지는 건물이라 이렇게 훌륭한 영화관이 있구나 하며 당신은 내심 감탄했다. 크레용 같은 색조로 화장한 여자애들이 두세 명씩 모여 있었다. 이쪽을 몰래 관찰하는 아이도 있는 것 같았다. 안으로 들어가서 자리에 앉자, 잠시 후 영화가 시작되었다. 시작하고 보니 홍콩 액션영화였다. 당신은 지금껏 그런 영화를 본 적이 없었다. 슬라브와 홍콩이 잘 연결되지 않는 기분이었다.

그럼 이만, 하고 청년과 담백하게 헤어졌을 때는 어느새 저녁 무렵이었다. 주소를 달라는 말을 하지 않은 것은 단지 편지 쓰기가 귀찮았기 때문이겠지. 편지 같은 건 안 쓸 듯한 청년이었다.

야간열차는 일찌감치 플랫폼으로 들어섰다. 그 무렵 당신은 물론 침대차는 타지 않았다. 커다란 보따리를 몇 개씩 든 육중한 몸집의 여자들과 함께 딱딱한 의자에 앉아 흔들리며 밤새 달려갈 작정이었다. 아직 아무도 없는 객실이 있어서 들어가 문고본을 읽고 있자, 차츰 복도가 소란스러워지고 이내 플랫폼이 소란해지더니 열차 하반신의 철이 뜨겁게 작동하기 시작했다. 괴로운 듯 삐걱거릴 뿐, 상쾌한 소리는 아니었다. 당신 생각에는 열차는 아무래도 달리는 것을 기쁘게 여기는 것 같진 않았다. 하지만 만약 달리지 않아도 된다면 열차는 과연 무엇을 하며 시간을 보낼까.

열차가 천천히 움직이기 시작한 후로도 아직 자리를 잡지 못한 사람들의 웅성거림이 복도에서 이어졌다. 얼마쯤 지나자 인상이 험악한 남자 하나가 문을 열고 들어왔다. 당신을 보고 예의상 겉웃음을 지었지만, 웃는 모습이 오히려 더 안 좋았다. 왼쪽 눈 옆에 커다란 상처가 있었다. 세 바늘을 꿰맨 상처인데, 아직 얼마 안 된 것 같았다. 당신은 창가에 앉아 있었다. 남자는 당신 맞은편 자리에 앉아 조그만 비닐봉지를 자기 옆에 내려놓았다. 다른 짐은 없었다. 당신은 방해되지 않게 꼬고 있던 다리를 슬며시 풀었다. 남자는 또다시 히죽 웃었고, 당신의 손목시계, 청바지, 신발을 한차례 훑어보더니 난데없이 달러가 있느냐고 물었다. 러시아어는 아니었지만 슬라브어인 것은 틀림없었고, 당신은 모른 척하려 했지만 이미 늦었다. 없다고 거짓말을 했다. 그러나 달러를 손쉽게 구할 수 있는 나라에서 온 것은 이미 들통난 듯했다. 남자의 손목에는 문신이 새겨져 있었다. 자기 손으로 새겼는지, 볼품없이 일그러진 닻 모양이었다. 손가락 부들기에는 털이 무성했다. 노타이셔츠의 옷깃 사이로도 털이 삐져나와 있다. 그러나 정수리의 머리칼은 듬성듬성했다. 남자가 비닐봉지를 열었다. 마늘 냄새가 확 풍겼고, 안에서 종이에 싼 닭다리를 꺼내 당신에게 건넸다. 먹으라는 뜻이다. 당신은 거절했다. 남자는 자기 혼자 덥석 베어 물었다. 소리가 전혀 안 나게 품위 있게 먹었다. 다 먹고 난 후, 창을 열고 뼈를 집어던졌다. 그리고 비닐봉지에서 작은 보드카 병을 꺼내더니 또다시 당신에게 권했다. 당신은 거절하고 계속 책을 읽는 척했다. 남자가 턱을 휙 내밀며 한 모금 들이켜자, 병은 금세 절반이나 비어버렸다.

그때 승무원이 제복 차림의 남자들을 데리고 나타났다. 당신은 기차표와 여권을 건네주었다. 제복을 입은 남자들은 당신의 여권을 돌려 읽더니 어린애처럼 웃으며 뭐라고 농담을 주고받았다. 맞은편 남자는 기차표만 건넸다. 제복을 입은 남자 한 사람이 이런저런 질문을 했다. 엄격한 군대식 말투였다. 남자는 분노를 억누른 듯한 목소리로 질문에 대답했다. 질의응답은 그런 형세로 한동안 이어졌다. 그러다 마침내 제복 차림 남자들이 자리를 떴다.

남자는 한숨을 내쉬고, 자기는 여권이 없다고 당신에게 말했다. 당신은 뭐라고 대답해야 할지 몰랐다. 남자는 묻지도 않았는데, 자기는 이런 짓을 해서 여권이 없다며 칼로 사람을 찌르는 몸짓을 했다. 당신은 곤혹스러웠다. 저건 어쩌면 다른 사람이 칼로 위협해 여권을 빼앗아갔다는 의미일 수도 있고, 살인을 저질러서 경찰에 여권을 빼앗겼다는 의미일 수도 있다. 남자는 남은 보드카를 단숨에 비웠다. 그리고 또다시 당신에게 겉웃음을 지으려 했지만, 상당히 악의가 깃든 웃음으로 변해 있었다.

당신은 책에 열중하는 척하며 생각했다. 설령 이 남자가 끔찍한 악인이라도 내게는 아무런 나쁜 짓을 하지 않을지도 모른다. 그뿐인가, 좋은 행동만 할지도 모른다. 만약 그렇다면 이 남자가 악인이라도 내게는 선인이 되는 셈이다.

당신은 귀찮아진 탓인지 졸음이 밀려왔다. 주변 세계가 귀찮아지면 잠들어버리는 버릇이 여행하는 중에 생겼다. 꾸벅꾸벅 졸고 있는데, 살포시 포근한 기운이 느껴졌다. 깜짝 놀라 실눈을 뜨고 보니, 춥지 않도록 남자가 자기 외투를 덮어준 것이었다.

꿈속에서 텅 빈 투명한 병들이 선로 위에 수없이 늘어서 있었다. 열차가 지나간 흔적이 병이 된 걸까, 아니면 이제 열차가 와서 그 병들을 산산이 깨뜨리는 걸까.

눈을 뜨니 창밖은 환했다. 푹 잤다. 맞은편 남자는 아직 자고 있었다. 바닥에 작은 보드카 빈병이 열 개쯤 나뒹굴고 있다. 객실 안에서 지독한 냄새가 났다. 잠에서 깬 남자는 아무 말 없이 부루퉁한 표정으로 화장실에 갔다. 이제 더이상 나랑은 말을 안 하려나 싶은 생각에 당신은 마음이 놓였다. 그런데 화장실에서 돌아오더니 또다시 무리하게 쥐어짜는 곁웃음을 머금었다. 이제 십 분 후면 베오그라드에 도착하니 거기에서 커피를 사고 싶다고 했다. 당신은 실은 일 초라도 빨리 밤의 냄새에서 도망치고 싶었지만, 끝내 거절하지 못하고 말았다.

역은 짐승처럼 우글거리는 모피코트 무리, 담배와 마늘 냄새로 가득했고, 쇠나 유리가 부딪치는 소리, 역무원과 장사꾼이 외치는 소리가 어지러이 오갔고, 숨이 막힐 정도로 혼잡했다. 어젯밤에는 아무 일도 없었다고 당신은 생각했다. 밤사이 아무런 범죄도 저지르지 않은 남자가 벌건 태양 아래에서 무슨 일을 할 수 있겠는가. 남자는 마치 당신이 사라져버릴까 두려워하듯 옆에 찰싹 붙어서 걸었다. 역 구내에 있는 천장 높은 카페테리아로 들어갔다. 웨이트리스가 당신에게는 커피를, 남자에게는 보드카를 가져다주었다. 주위에도 보드카를 마시는 남자들이 보였다. 얼마쯤 지나자 목도리에 턱을 파묻은 야윈 남자가 다가와 당신의 동행에게 말을 건넸다. 당신의 동행이 손목시계 세 개를 주머니에서 꺼내 보이자, 지폐를 몇 장인가 건네고 사들이더니 아무 말 없이 사라졌다. 커피는 쓰기만 할 뿐 향이 없었다.

호텔은 정했느냐고 남자가 물었다. 당신은 유스호스텔을 예약해뒀다고 솔직하게 대답했다. 유스호스텔은 끔찍한 곳이니 자기 집으로 가자고, 남자가 코에 주름이 잡힐 정도로 얼굴을 찌푸리며 말했다. 그러고는 딸꾹질을 했다. 당신은 친구와 유스호스텔에서 만나기로 했다고 거짓말을 했다. 남자는 시선을 피했다. 그때 당신은 남자의 왼쪽 눈 옆에 있던 상처 딱지가 거의 다 벗겨져서 대롱거리는 것을 알아챘다. 투명한 접착제로 붙여둔 가짜 상처였다. 당신은 서둘러 커피를 마신 다음, 여러 가지로 고마웠다고 말하고 재빨리 자리를 뜨려 했다. 남자가 허둥지둥 당신의 팔을 붙들더니, 기다리라고, 이제 레스토랑에 가자고 했다. 당신이 이제 갈 시간이라고 말하자, 순식간에 위협적인 표정으로 변하더니 레스토랑에 꼭 가야 한다고 말했다. 집게손가락이 이상한 갈고리 형태로 변해 있었다. 그것이 무슨 의미인지 당신은 전혀 짐작조차 할 수 없었지만, 뭔가 위협받고 있다고 느끼고, 아뇨, 이젠 가봐야 해요, 라고 목소리를 높여 러시아어로 말했다. 주위 사람들이 놀라서 이쪽을 쳐다보았다. 남자가 흠칫하며 큰 소리 내지 말라고 속삭였다. 당신은 남자가 움켜쥔 팔을 뿌리쳤다. 남자가 기다리라고 말했다. 이젠 가야 한다고 당신은 더 큰 목소리로 말했다. 사람들이 여러 명 모여들었다. 남자는 갑자기 정치가 같은 표정을 지어 보이더니, 잘 가, 고마워, 라고 말했다. 주위 사람들은 당신과 남자의 얼굴을 흥미진진하게 관찰했다. 당신은 역 출구를 향해 걸음을 내디뎠다. 처음에는 천천히. 매점 그늘로 들어서자마자 전속력으로 택시 승차장을 향해 달려갔다.

다섯번째 바퀴

베이징으로

강철 마찰음이 달을 갉아먹고, 암흑 우주의 한가운데로 역이 두둥실 떠올랐다. 어디가 위고, 어디가 동쪽일까. 당신은 평균대 위를 걷듯 팔로 균형을 잡으며, 멈춰 선 기차 쪽으로 다가간다. 당나귀 한 마리에 실을 정도의 짐을 어깨에 짊어지고 걸어가는 여자가 있다. 아이의 손을 이끌고 조급한 발걸음으로 걸어가는 남자가 있다. 일행인 두 남자. 허리가 굽은 노인. 영화배우처럼 이마가 반짝이는 젊은이. 길가에 지장地藏처럼 늘어선 것은 구두닦이 소년들이다. 장사꾼의 알전구 빛이 어스름한 땅거미로 스며든다. 젖은 종이에 먹이 스미듯.

당신은 운동화와 배낭에 붙은 상표를 감춰주는 땅거미가 고마웠다. 절대 고가품은 아니지만, 아직 1980년대인지라 자본주의국가 회사의 제품을 몸에 걸친 것만으로도 외국인임이 드러나고 만다. 호기심 어린

눈길을 피해 주위에 걸어다니는 사람들처럼 그림자로 녹아들려 애쓴다. 자기가 탈 열차를 찾고 있는 사람은 아무래도 당신뿐이 아닌 듯하다. 두리번거리며 갈팡질팡하는 사람들이 더 있다. 눈앞에 열차가 멈춰 서 있지만, 타야 할지 말아야 할지 알 수가 없다. 당신은 주머니에서 투명할 정도로 얇은 차표를 꺼내본다. 열차번호가 흐릿한 잉크로 인쇄되어 있다. 이게 정말 차표일까. 아닐지도 모른다는 의혹이 스쳐 지나갔다. 만약 아니라면, 속았으니 다시 돈을 내고 새 차표를 살 수밖에 없다. 속는 게 가장 좋은 공부라고 누군가 말했었다. 아아, 어리석기 짝이 없다. 당신은 그럴듯하게 들리는 그런 설교가 싫다. 입에 쓴 약이 반드시 몸에 좋으리란 법은 없다. 달콤한 과일을 산 줄 알고 덥석 베어 물었는데 시다면, 퉤퉤 뱉어낼 뿐이다. 아무런 공부도 안 된다. 달콤한 것만 먹으면서 훌륭한 작업을 해낸 예술가도 있을 게 틀림없다. 없다면, 내가 그 1호가 되어주리라.

당신은 증기를 내뿜으며 멈춰 서 있는 거대한 검은 차체로 다가가서, 어디에 열차번호가 적혀 있나 찾아보았다. 이렇게 어두운 역은 처음이었다. 표찰처럼 보이는 부분으로 다가가보니, 단순한 얼룩이었다. 차체 아랫부분에 암호 같은 숫자가 적혀 있지만, 이건 기술자에게나 볼일이 있는 기호일 테지.

당신은 멈춰 서서 주위를 둘러보았다. 역무원이 보이면 물어볼 생각이었다. 역무원 제복 같은 옷을 입은 여성이 눈에 띄어 기차를 가리키며 "베이징?" 하고 물어보았다. 여자는 자기 아이를 대하듯 허물없이 '어머, 뭐라는 거야, 발음을 통 못 알아듣겠네. 지금 바쁘니까 방해하지 마'라고 말하듯 당신을 떨쳐버렸다. 그때 또다시 다른 제복을 입은 여성이 나타났다. 어느 것이 역의 제복인지 알 수 없다. 어쩌면 제복이 아닐지도 모른다. 그런 생각이 들자 당신은 아무에게도 말을 건넬 수가 없었다.

어쩔 줄 몰라하고 있는데, 뒤에서 누가 등을 만졌다. 뼈와 뼈 사이의 묘한 틈새로 손가락을 집어넣듯이. 흠칫 몸서리를 치며 돌아보니, 어제 만난 눈썹이 아름다운 학생이 서 있었다.

어제 시안 중심가에서 그 학생이 말을 건넸다. 7개 국어를 할 수 있다고 했다. 야간열차 차표를 사려면 시간이 많이 걸린다고, 자기가 사다줄 테니 당신은 관광이라도 하는 게 좋을 거라고 하기에, 큰돈을 건네고는 저녁에 호텔 로비에서 만나기로 약속하고 헤어졌다. 그런데 헤어진 후 병마용*행 버스에 올라타자 당신은 갑자기 불안해지기 시작했다. 이름도 모르는 학생에게 거금을 건넸는데, 혹시 그가 돌아오지 않으면 어쩔 것인가. 경찰에 얘기해봐야 비웃음만 사겠지. 우리 나라에서도 낯선 이에게 돈을 건네고 뭘 사다달라는 부탁은 하지 않는다. 왜 그런 짓을 저지르고 말았을까. 일주일간 먹고살 수 있는 금액이었다. 학생이라고 남을 속이지 말란 법은 없다. 무엇보다, 그 사람이 학생인지 아닌지조차 알 수 없다. 어학 실력이 좋은 것은 분명하지만, 어학이 그렇게 뛰어난 게 오히려 더 수상쩍지 않은가. 착실하게 생활하려는 사람이 7개 국어나 공부할까. 의심하는 마음이 꼬리를 물며 부풀어간다. 갑자기 학생의 아름다운 눈썹이 수상쩍게 여겨졌다. 그것은 촘촘히 우거진 만큼 송충이처럼 보이기도 했다. 윤기는 흘렀지만, 침을 발

---

* 흙으로 구워 만든 병사, 말, 전차 등의 모형. 시안에는 진시황릉 병마용갱이 있다.

라 윤기를 낸 게 아닐까. 섬세한 손가락, 나긋나긋한 목, 부드러운 목소리, 살짝 수줍어하는 듯한 미소, 나쁜 짓은 못할 것 같은 얼굴이긴 했다. 하지만 양의 스웨터를 빌려 입은 호랑이도 있기 마련이다. 말을 번지르르하게 잘하는 인간 중에 도덕적으로 뛰어난 인간은 없다고 옛 중국의 현자가 말하지 않았던가. 당신은 온종일 불안을 떨쳐낼 수 없어, 병마용의 인형들 얼굴을 보고 있어도 거기에 학생의 얼굴이 떠오르는 것 같아 곤혹스러웠다. 당신은 끝내 저녁에 배탈이 나고 말았다. 안절부절못하며 일찌감치 로비로 내려가 기다리고 있자니, 학생이 약속시간에 맞춰 나타났다. 낮에 봤을 때와 똑같이 해맑은 눈썹으로 야간열차 차표와 거스름돈을 당신에게 건넸다. 거스름돈은 예상보다 많았다. 당신은 학생을 의심했던 게 양심에 찔려 고개를 숙였다.

그 학생이 부탁도 안 했는데, 지금 다시 역으로 나와준 것이다. 곧 차표는 가짜가 아니라는 뜻이다. 당신은 또다시 그를 의심하려 했던 자기 자신에게 진절머리가 났다. 학생은 당신이 어느 열차를 타야 할지 모르면 곤란하겠다는 생각에 일부러 와준 게 틀림없다. 학생이 검은 열차를 손으로 가리키며 고개를 끄덕였다. 당신은 열차에 올라탔다. 창밖에서 학생이 손을 흔들었다. 어두워서 이미 얼굴은 잘 보이지 않았다.

지불한 요금으로는 상상조차 할 수 없을 만큼 호화로운 침대차였다. 계급 없는 사회의 일등칸이었다. 당신은 새하얀 시트가 덮인 눈빛 침실로 혼자 들어가, 아래쪽 침대에 누워 문고본을 읽기 시작했다. 딱히 책을 읽고 싶었던 건 아니고, 얼굴을 가리는 일종의 작은 방패 같은 용도다. 누워 있을 때 다른 사람이 들어오면, 왠지 좀 쑥스럽다. 책을 읽고 있으면 그럭저럭 모양새가 잡힌다.

　금속이 금속을 때리는 소리, 증기가 뿜어져 나오는 소리, 회전음, 사람의 고함소리 등이 들려오기 시작했다. 손목시계를 보니 새벽 두시가 지나 있었다. 입구에 체격 좋은 남자 하나가 모습을 드러냈다. 피부에 지방층이 있는 듯 보이는 건 조명 때문일까. 인사를 주고받았다. 자기는 상인이며, 파리에도 뉴욕에도 오사카에도 가본 적이 있다고 득의양양하게 영어로 말했다. 어디 가느냐고 물어서 당신이 베이징이라고 대답하자, 그럼 도중에 갈아타겠다고 말했다. 갈아탄다고? 학생은 갈아타라는 말은 하지 않았다. 어느 쪽 정보가 옳을까. 그러나 그 남자와 더이상 대화하고 싶지 않아 적당히 고개를 끄덕이고, 책으로 시선을 돌리는 몸짓을 해 보였다. 남자가 베이징에서는 어느 호텔에 묵을 예정이냐고 거만한 말투로 물어서 모르겠다고 무뚝뚝하게 대답해두었다. 당신은 누워 있다보니 출구를 가로막고 선 상대에게 위압감을 느꼈지만, 그렇다고 일어나서 얘기할 마음도 들지 않았다. 상대는 불만스러운 듯이 콧소리를 울리며 맥주를 마시겠느냐고 물었지만, 당신은 몸이 안 좋아서 마실 수 없다고 대답했다. 거짓말을 할 작정이었지만, 곰곰이 생각해보니 자신이 정말로 설사를 한다는 사실이 떠올라 마음이 무거워졌다. 밤기차에서 몇 번씩 볼일을 보기 위해 일어나야 하는 것은 결코 유쾌한 일이 아니다. 어두운 복도 정면에서 불쑥 다가오는 눈코 없는 그림자가 무섭다. 한창 볼일을 보고 있을 때 밖에서 문을 열려고 잘가닥거리는 소리를 내는 투명하고 긴 손가락이 무섭다. 상인은 당신의 쌀쌀맞은 태도에 불만스러운 표정을 짓더니, 혼자 식당차로 가버렸다.

얼마쯤 지나자 화사한 두 여성의 목소리가 뒤엉키며 가까이 다가왔다. 옅은 분홍빛 요염함이 감도는 아가씨가 문을 열고 당신에게 미소를 건넸다. 그 등뒤로 엇비슷한 여자 한 사람이 또 나타났다. 두 사람의 드레스는 무릎이 드러나는 짧은 길이였고, 반투명한 핑크빛 나일론 팬티스타킹에 가슴에서는 하얀 리본이 흔들리고, 구슬 팔찌가 반짝거려서 마치 소꿉놀이를 하는 양갓집 소녀들처럼 보였지만, 나이는 스무 살이 넘었을 것이다. 시안의 여성들은 거의 다 진남색 작업복 같은 옷을 입고 다녔고 화장은 하지 않았다. 그런데 이 두 사람은 이렇게 화려한 옷차림에 화장도 했다. 대체 그녀들은 뭘 하는 사람일까. 당신은 그녀들을 정의할 수 없어, 복숭아 농원에서 야간열차로 잘못 올라탄 요정이라 여기기로 했다. 두 사람은 당신 머리 위에 펼쳐진 두 침대로 뛰어올라갔다. 조그만 발에는 분홍색 발레슈즈 같은 것을 신고 있었다. 짐은 구슬 달린 장난감 같은 핸드백뿐. 여행하는 것 같지는 않다. 짐은 고용인이 가지고 있을까. 계급 없는 사회에 고용인을 들일 만한 부자가 있을까. 두 사람은 한동안 속삭였지만, 이윽고 조용해졌다. 당신은 계속 책을 읽었다. 전혀 졸리지 않았다. 야간열차 안에서는 까닭 없이 몹시 졸릴 때가 있는가 하면, 밤새도록 한숨도 못 잘 때도 있다.
　삼십 분쯤 지났을까. 턱수염과 구레나룻이 덥수룩한 상인이 맥주 냄새를 풍기며 돌아왔다. 문가에 선 채로, 위쪽 침대에 누워 있는 복숭아 요정들과 얘기를 나누기 시작했다. 남자가 낮은 목소리로 중얼거리듯 말할 때마다 두 사람은 깔깔거리며 웃었다. 웃음소리 사이사이에 말도 섞여 있었다. 당신이 문고본 활자에서 조금이라도 시선을 떼면, 남자의 골반 언저리가 시야에 들어왔다. 남자의 목소리는 듣고 있으면 마치 내장을 훑는 것처럼 불쾌했다. 당신은 이대로 깊이 잠들어버려 주위에 있는 세계를 다 지워버리고 싶었다. 얼마나 시간이 흘렀을까. 남자는 문을 닫고 모습을 감췄다. 아무래도 남자는 다른 객실의 침대를 예약한 듯했다. 당신은 마음이 놓였다. 머지않아 승무원이 와서 차표를 검사하고, 불을 끄고 나갔다. 복숭아 요정들은 한동안 소곤거리는 목소리로 얘기를 나눴지만, 그것도 어느새 선로의 혼잣말에 녹아들어 신경쓰이지 않았고, 당신은 흔들리는 기차에 몸을 맡기며 기분좋은 잠속으로 빠져들었다.

선로와 기차 바퀴의 마찰음에 어느새 남자의 호흡 소리가 뒤섞여 있다. 코러스 안에서 한 사람만 음정이 어긋난 것 같아 귀에 거슬린다. 넌 노래하지 마, 라고 지휘자가 말한다. 그런데도 음치는 노래를 멈추지 않는다. 멈추지 않을뿐더러 그 소리만 점점 더 커진다. 꿈속의 방관자인 당신은 귀를 어디 둘지 몰라 눈을 뜬다. 객실 안은 캄캄하고, 머리 위에서 침대가 삐걱거린다. 여자 목소리가 새나오고, 남자 목소리가 새나온다. 그러다 별안간 으윽 하는 신음 소리가 들리더니 머리 위로 거대한 검은 그림자가 날아갔다. 쿵 하고 나동그라진 몸의 무게 탓에 건너편 위쪽 침대가 삐걱거린다. 여자 목소리가 새나오고, 남자 목소리가 새나온다. 침대가 밑으로 꺼져버릴까 걱정스러울 정도로 괴로운 소리를 냈다. 당신은 그제야 간신히 상황을 이해했다. 조금 전 상인이 두 침대 사이를 넘나들며 두 복숭아 요정과 번갈아 놀아나는 것이다. 그렇다면 양갓집 아가씨의 소녀 취향으로 보였던 그 복장이 이 지역에서는 창부의 제복이란 말인가.

당신은 이런 컨테이너 같은 찻간에 생판 모르는 상인과 창부들과 함게 틀어박혀 하룻밤을 보내야 하는 야간열차의 불행을 한탄했다. 큰 소리로 개구리 노래라도 불러줄까. 각자 자기의 광기를 토해내는 게 허락된 밤이라면, 내놓을 공연물이 없는 인간만 손해다. 내게는 내놓을 만한 게 없구나, 당신은 통감한다. 색소폰을 불기 시작한 것은 석 달 전, 연극은 고등학생 시절부터 해왔다. 현대무용도 조금 한다. 그러나 여전히 외부의 것들을 흡수할 뿐 자신만의 작품은 없다.

그러는 사이 헐떡거리며 다른 쪽 침대로 손을 뻗는 남자의 그림자가 보였다. 다시 뛰어넘을 속셈이겠지 하며 당신이 숨죽인 채 각오하고 있는데, 남자가 욱 하고 양다리를 벋디디는 소리를 흘리는가 싶더니 데구루루 구르며 두 침대 틈새로 곤두박질쳤다. 끔찍하게 큰 소리가 났고, 당신은 검은 그림자가 시야를 가로막는 순간 눈을 질끈 감아버렸다. 눈을 떠 살펴보자니, 바닥에 떨어진 남자는 신음 소리를 흘렸고 그후로 움직이지 못했다. 머리 위에서 두 사람이 다급하게 상의하는 소리가 들렸다. 그러더니 발레슈즈를 신은 가녀린 다리 두 개가 내려왔다. 당신은 자는 척하고 있었다. 실눈을 뜨자, 여자는 남자의 윗옷 주머니에서 무슨 지갑 같은 것을 꺼내 자기 핸드백에 넣었다. 또 한 쌍의 가녀린 다리가 내려왔다. 두 사람은 그대로 소리도 없이 객실에서 빠져나갔다.

남자는 당신 침대와 맞은편 침대 사이 골짜기에 모래자루처럼 쓰러진 채 꿈쩍도 하지 않았다. 허리가 부러졌을까. 당장 의사를 부르지 않으면 손쓸 수 없게 될지도 모른다. 승무원에게 말할까. 경찰을 부르려나. 남자는 병원으로 실려갈까, 아니면 체포될까. 나는 참고인 조사를 받게 될까. 남자가 두 요정 얘기를 하면 어떻게 될까. 열차는 밀봉 상태로 줄기차게 달리고 있다. 두 요정은 체포되어 사형당할지도 모른다. 얼토당토않은 생각이긴 하지만, 그런 얘기를 누군가에게 들은 것 같은 기분이 든다. 이 나라에서는 범죄를 무겁게 처벌한다고. 열차가 심하게 흔들려서 아무런 결단도 내릴 수 없다. 당신은 마음이 가는 대로 행동하기로 결정했다. 요정들이 체포되는 것은 불쌍하지만, 이 남자가 뼈가 부러져서 여기 누워 있는 것은 조금도 불쌍하지 않다. 자업자득이라는 말이 떠오른다. 그냥 내버려두면 그만이다. 당신은 벽을 향해 휙 돌아눕고 눈을 감는다. 늦어도 내일 아침에는 승무원이 발견해주겠지. 그 무렵에는 요정들도 도망치고 없으리라. 참을 수 없는 졸음이 밀려들었다. 당신은 그대로 다시 잠들기로 했다.

여섯번째 바퀴

이르쿠츠크로

당신이 눈과 얼음으로 뒤덮인 모스크바 거리를 혼자 걷고 있는데, 녹색 홀치기염색을 한 노타이셔츠에 밑단이 풀린 청바지를 입은 서른 살가량의 남자가 말을 걸었다. 페레스트로이카* 이전의 이야기다. "영어 할 줄 아시나요"라고 물어서, 당신은 "조금"이라고 대답했다. 상대의 목소리는 새하얀 숨결에 삼켜져서 알아듣기 힘들었다. 왠지 모르게 미국인이 아닐까 하는 느낌이 들었다. "서유럽 알파벳문자를 쓸 줄 아시나요"라고 다시 물어서, 당신은 이상한 질문을 하는 사람이 다 있다 싶어 고개를 갸웃거렸다. 러시아인이라면 키릴문자밖에 못 쓰는 사람도 있을지 모르고, 중앙아시아 사람도 적지 않으니, 여기에서는 서유

---

* 1986년 이후 소련의 고르바초프 정권이 추진했던 정책의 기본 노선.

럽 문자가 특수하다는 뜻일지도 모른다. 당신이 장갑을 낀 채 허공에 손가락으로 에이비시디라고 필기체 소문자를 쓰기 시작하자, 남자는 황급히 고개를 끄덕이더니, "실은 부탁이 있어요. 이 문장을 이 그림엽서에 베껴 써주세요. 제 필적으로는 곤란해서요"라며 당신에게 크렘린 그림엽서와 종이쪽지를 건넸다. 종이쪽지에는 활자체로, '마리에게. 조는 새 애인이 생겨서 지금 모스크바의 인투리스트 호텔에 있어. 그래서 만나기로 약속한 파리의 호텔 대신 모스크바의 호텔로 와달래. 얘기하고 싶은 모양이야. 조가 나한테 이 말을 당신에게 전해달라고 부탁했어. 마이크'라고 영어로 쓰여 있었다. 묘하게 꼬인 내용이라고 생각하면서도, 당신은 들고 다니던 도시 지도를 받침 삼아 그림엽서에 텍스트를 옮겨 적었다. 깨끗하게 쓰려고 했는데, 손이 곱아서 글씨가 흔들렸다. 마리라는 여성의 주소는 들어본 적 없는 프랑스의 낯선 고장에 있는 호텔이었다.

당신은 호텔로 돌아가서 용궁처럼 장식한 레스토랑으로 들어갔다. 앞에는 학예회 같은 무대가 설치되어 있고, 화려한 격자무늬 셔츠에 화학섬유 판탈롱을 입은 연주자들이 〈칼린카〉*를 팝풍으로 연주하고 있었다. 전기기타와 드럼 세트는 번쩍번쩍 빛나고 노랫소리는 감미로웠지만, 연주자들의 얼굴에는 어딘지 모르게 엄격한 나무꾼 같은 분위기가 감돌았다. 당신은 주홍색 기름이 구슬처럼 떠 있는 수프 표면을 숟가락으로 휘젓고, 밑바닥에서 푸르뎅뎅한 감자를 건져 올렸다. 조약돌 같은 빵조각을 수프에 담그자 순식간에 액체를 빨아들였고, 입에

---

* 러시아 노래. 1860년에 만들어진 후 아직까지 사랑받고 있으며, 결혼식에서도 종종 불린다.

넣자마자 스르르 녹았다.

그후 모스크바 시내와 교외 등을 구경하는 사이 일주일이 지났다.

내일부터는 드디어 긴긴 시베리아철도 여행이 시작된다. 밤에 침대로 들어갔는데, 두 시간이 지나도록 잠이 오지 않았다. 벽만이 사방에서 노려본다. 널찍한 침대에서 몇 번이나 몸을 뒤척이고 있자니, 불현듯 그 엽서가 떠오르며 만나본 적도 없는 마리라는 여성의 운명이 신경쓰이기 시작했다. 그 남자는 마리와 헤어지려는 조의 말을 전하면서 왜 필적을 숨겨야 했을까. 호텔 창밖으로는 옆 건물의 잿빛 벽에 가로막혀 아무것도 보이지 않았다. 옆 건물에는 창이 없다. 교도소일까. 당신은 정말로 점점 불안해졌다. 혹시 범죄에 휘말리든 건 아닐까. 그 여자가 모스크바의 호텔로 왔다가, 우연히 거기에 테러리스트가 설치했을 거라 여겨지는 폭탄 때문에 죽고 만다. 다른 사람들은 그녀가 정말 운이 나빴다고 말한다. 그러나 나중에 그 사건이 실은 테러리스트의 소행이 아니었음이 밝혀진다. 누군가가 마리를 죽이기 위해 꾸며낸 일이다. 만에 하나 그 엽서가 발견된다고 치자. 그리고 조의 필적도 마이크의 필적도 아니라는 게 밝혀진다. 그렇다면 엽서를 쓴 인물이 폭탄을 설치해서 계획적으로 마리를 죽였다는 얘기가 되어버린다. 엽서의 필적은 누구의 것일까. 물론 당신 손으로 쓴 것이다. 잠이 점점 더 멀리 달아났다. 어쩌자고 그런 부탁을 들어주고 말았을까. 길에서 워크맨을 팔라고 해도 카메라를 팔라고 해도 매번 거절했는데, 필적은 공짜로 팔아넘겨버리다니.

다음날 시내를 어슬렁거리다 저녁나절에 호텔에서 짐을 찾아 그 길로 곧장 역으로 향했다. 눈 아래까지 목도리를 칭칭 휘감고, 털모자를 귀까지 푹 눌러쓰고, 다운재킷 속에 스웨터를 두 장이나 껴입고 밖으로 나갔다. 역으로 가자, 제복을 입은 남자가 다가와 "당신 열차는 저겁니다"라며 거대한 쇳덩어리를 가리켰다. 하얀 증기가 뭉게뭉게 솟아오른다. 그는 어떻게 당신이 탈 열차를 알았을까. 이마에 외국인이라고 쓰여 있나.

창에서 띠 모양으로 비쳐드는 빛이 부옇게 보인다. 온기는 있지만, 이산화탄소가 많을 것 같은, 어딘지 모르게 숨이 막히는 답답한 공기. 검은 재가 날벌레처럼 공중을 떠다녀서 기침이 나오고 눈물도 번졌다. 통로 유리창은 얼음벽 같아서 그저 옆에 서 있기만 해도 춥다. 당신은 새우등을 하고 객실로 들어갔다. 쉰 살쯤 되는 아름다운 러시아 여성이 뺨을 붉게 물들이고 안으로 들어왔다. 붉은 뺨을 자세히 보니, 투명한 솜털이 갈라진 섬유질 살갗을 듬성듬성 덮고 있다. 입술은 핏빛, 당신에게 미소를 건네고 노래하듯 혼잣말을 흘리며 보스턴백을 좌석 밑으로 밀어넣었다.

얼마쯤 지나, 남녀가 영어로 말다툼을 하며 복도에서 다가오는 소리가 들렸다. 무슨 얘기인지 자세히 알 수는 없지만, 남자 쪽이 "그렇지만, 마리"라고 하는 소리는 또렷이 들렸다. 두 사람이 당신의 객실 문 앞에 나타났다. "여기야"라고 말한 남자의 얼굴을 올려다본 당신은 너무 놀라 어안이 벙벙해지고 말았다. 상대는 훨씬 더 놀라며 숨을 집어삼켰고, 동행한 여자가 등을 돌린 순간 입술에 손가락을 얹으며 비밀로 해달라는 듯한 몸짓을 했다. 여자는 배낭이 좌석 밑에 들어가지 않아 조바심이 났는지 "어떡해, 켄, 어떻게 좀 해봐"라며 남자를 다그쳤다. 흠, 저 남자, 조도 마이크도 아니었네, 하며 당신은 일종의 감개를 느꼈지만 모른 척하면서 창밖을 바라보고 있었다. 그렇다면 결국 그 엽서는 조의 친구인 마이크가 쓴 걸로 되어 있지만 그것은 거짓이고, 이 사람은 켄이라는 제삼자란 뜻. 그럼 조는 마리와 헤어질 생각은 추호도 없이 지금 혼자 파리에서 기다리고 있을지도 모른다. 당신은 갑자기 화가 치밀어 두 사람이 나간 문을 노려보았다.

열차는 달리기 시작했다. 파스텔 색조로 칠한 통나무집이 눈밭 속에서 드문드문 모습을 드러냈다. 자작나무는 눈벙벙이 되기 전에 스스로 하얀 껍질을 덮어써버렸다. 날이 저물기 시작했다. 해가 기울기 시작하자, 순식간에 져서 금세 어두워졌다. 밤하늘에 별이 여드름처럼 생생하게 떠오른다. 지상은 어둠이다. 식당차에 가려고 복도로 나가자, 때마침 켄과 마리가 식당차에서 돌아오는 참이었다. 복도에서 스쳐가는 순간, 켄이 눈짓을 보냈다. 당신은 시선을 피했다. 멋대로 공범자 취급을 당하고 말았다. 물론 마리가 호텔에서 폭탄에 날아갔다는 뉴스를 듣는 것보다야 훨씬 낫겠지만. 객실 문은 거의 다 닫혀 있고, 조그만 들창도 안쪽에서 커튼이 쳐져 있다. 복도에서 창밖을 내다보며 냄새 지독한 담배를 피우는 진남색 청바지 차림의 야윈 남자가 두세 명 있었다.

식당차에 도착했지만, 이미 닫은 후였다. 청소하던 남자가 당신을 딱하게 여기고 차가운 피로시키* 하나를 건네주었다.

잠은 밋밋하고 얕았다. 당신은 잠의 시야의 테두리가 주홍빛으로 물들기 시작한 것을 느끼고 눈을 떴다. 창에 쳐둔 커튼을 살며시 걷고 밖

---

* 러시아 요리의 하나. 밀가루, 달걀 따위로 반죽한 피에 고기나 야채, 잼 따위의 소를 싸서 기름에 튀기거나 오븐에 구워 만든다.

을 내다보니, 일직선으로 뻗은 지평선이 주홍빛으로 물들고 나무 실루엣이 늘어서 있었다. 맞은편 침대에서는 러시아 부인이 벌써 옷을 차려입고 침대에 걸터앉아 홍차를 마시고 있다. 위쪽 침대의 켄과 마리는 아직 깊이 잠들어 있는 것 같다. 당신은 꾸물꾸물 굼뜨게 일어나 화장실에 갔다. 세면실에서는 흔들리는 열차를 따라 수도관이나 변기 뚜껑, 거울이 달그락달그락 소리를 내고 있었다. 거울에 얼굴을 비춰보니, 어렴풋이 칙칙하고 눈 주위만 약간 하얗다. 석탄 난로의 그을음이 묻은 탓이겠지. 공기는 무거운 열기에 가라앉아 있었다.

바깥 풍경에 드문드문 민가가 보이기 시작하고 열차가 멈춰 섰다. 작은 역이다. 스카프를 둘러쓴 여자들이 바쁘게 걸어다닌다. 병에 담긴 뭔가를 팔고 있다. 당신은 서둘러 객실로 돌아가 재킷을 걸치고 밖으로 튀어나갔다. 바깥 공기에 닿는 순간, 콧속에 푸슬푸슬 잡초가 우거지기 시작했다. 수분이 얼어붙은 모양이다. 귀뿌리부터 얼얼하게 아팠다. 당신은 조급하게 눈을 깜박거리며 사방을 둘러보았다. 아, 이게 시베리아구나. 지면은 불투명한 유리, 저 멀리까지 뻥 뚫려 있는 풍경, 손가락이 얼얼하고 귀가 떨어져나갈 것 같은 추위에 혀를 내두르며 꼬리를 감추고 부랴부랴 차 안으로 도망쳤다.

객실에서는 어느새 일어난 켄과 마리가 마주앉아 홍차를 마시고 있었다. 당신은 자기 방에서 남이 멋대로 밀회를 나누는 장면을 목격한 것처럼 살짝 불쾌한 기분이 들었지만, 다시 나가도 딱히 갈 곳이 없어서 하는 수 없이 마리 옆에 앉으며, "이름이 마리 씨라고 했던가요?"라고 능청스럽게 물었다. 마리는 기쁜 듯이 놀라며 "어떻게 아셨어요?"라고 물었다. 켄이 몹시 불안한 듯 다리를 바꿔 꼬며 기침을 해서, 당신은 웃으며 "어제 복도에서 얘기하는 소리를 들었어요"라고 천연덕스럽게 대답했다. 켄이 허둥지둥 "저는 켄입니다"라고 자기소개를 했다. '당신은 분명 마이크 씨였죠'라는 말이 튀어나오는 걸 막을 심산이겠지. 당신이 여기에서 '어라, 마이크 씨 아니었어요? 그럼, 조 씨인가요. 글쎄, 그 엽서에는……'이라며 심술궂게 비밀을 폭로해버릴 수도 있겠지만, 지금 싸움 같은 걸 하긴 귀찮고, 그보다는 조그만 양날의 칼을 이쪽저쪽 번갈아 보여주며 느긋하게 맞서고 싶다.

이르쿠츠크는 앞으로 이틀 밤을 더 뚫고 지나면 도착할까, 아니면 사흘 밤일까. 당신은 일단 자기 앞에 넉넉히 펼쳐진 막대한 시간에 항복하고, 헤아리거나 계산하지 않기로 했다. 이대로 푹 빠져서 갈 수밖에 없다. 당신은 우선 배낭에서 문고본을 한 권 꺼내들고, 단어를 하나하나 확인하듯 읽기 시작했다. 줄줄 읽으면 금세 다 읽어버린다. 그러면 그후에는 시선을 어디에 둬야 할지 곤란해지겠지. 마리와 켄은 이따금 속삭이듯 대화를 주고받았다. 그 소리는 선로와 기차 바퀴 마찰음이 빚어낸 우연의 산물처럼 나타났다 또다시 마찰음에 삼켜지며 사라져갔다. 당신은 들으려 하지 않아도 귀가 자꾸만 그쪽으로 쏠려서 곤란했다. 마리는 시드니의 숙모 댁으로 가서 그림 공부를 할 생각인 듯했다. 숙모는 그림을 그린다. 켄은 바보 취급하듯이 "오스트레일리아에는 그림 그리는 사람이 수도 없이 널렸어. 그 나라에서는 코알라보다 붓만 잘 잡아도 화가랍시고 잘난 척할 수 있으니까"라고 말했다. 뜻밖에도 마리는 화를 내지 않고 "싸잡아서 깎아내리지 마. 숙모는 재능이 있어. 오스트레일리아의 자연은 아름답고 사람들도 친절하니까, 그곳에서 몇 년 그림 공부를 하고 싶어"라고 말했다. "돈은 어쩔 거야?

그림 속 고기는 못 먹을 텐데"라고 대꾸하는 켄. "찻집 같은 데서 아르바이트라도 할 생각이야"라고 받아치는 마리. "그렇지만 평생 찻집에서 아르바이트나 하면서 살 거야? 그러다 찻집 주인이랑 결혼이라도 할 건가?"라고 켄이 심술궂게 묻는다. 마리는 잠시 뺨을 부풀렸지만, 농담으로 받아들였는지 딱히 말을 받아치려 하지 않았다. "어쨌든 서두르는 편이 좋겠군. 찻집 주인은 젊은 아가씨가 아니면 싫어할 테고, 너도 이미 그리 젊진 않으니까. 청춘의 아름다움은 다리가 없어도 쏜살같이 도망친다고들 하잖아"라고 켄이 말하자, 이번에는 마리가 진지한 표정으로 "난 결혼 같은 건 안 해" 하고 말했다. "그런 발언은 재능이 있는 극히 일부의 인간에게나 허용되는 거야"라고 켄이 말했다. "뭐야, 실례잖아. 내가 그렇게 재능이 없다고 생각하는구나." 당신은 듣고 있기 짜증스러워서 객실에서 나갔다. 밖으로 나가도 갈 곳이 없는 유폐된 몸. 창밖에는 광활한 시베리아가 펼쳐져 있건만, 통로는 맞은편 사람과 간신히 스쳐지날 정도로 비좁다. 엇갈려 지나간 청바지 차림의 남자가 "이봐요, 생선 좋아하나요"라고 말을 건넸다. 당신이 "생선을 사랑하죠"라고 대답하자, 상대가 웃으며 손짓으로 불렀다. 남자의 이름은 사샤였고, 그의 객실 창가에는 길이가 30센티미터쯤 되는 마른 생선이 매달려 있었다. 당신은 상대가 권하는 대로 자리에 앉았다. 위쪽 침대에는 뚱뚱한 여자 하나가 담요를 휘감고 누워 있었다. 눈만 말똥말똥 뜨고 이쪽을 관찰한다. 사샤는 주머니에서 칼을 꺼내 딱딱한 생선살을 얇게 저며 당신에게 건넸다. 그리고 빵 한 조각과 얇게 썬 생양파를 건네주었다. 당신은 어떡해야 좋을지 몰라, 일단은 세 개를 번갈아가며 조금씩 베어 먹었다. 생선은 낡은 타이어 같은 식감이었지만, 씹을수록 입안에 바다 맛이 퍼지기 시작했다. 여기에서는 모든 바다가 멀다는 생각이 불현듯 떠올랐다. 아직 바다를 못 본 사람도 있겠지. 사샤는 좌석 밑에 밀어넣어둔 보스턴백에서 보드카 병을 꺼내 작은 컵에 따르더니 단숨에 들이켰다. 유리컵은 부옇게 흐려져 있었다. 한 잔을 더 따르는데 양이 너무 많아 흘러넘쳤다. 자고로 욕심에는 눈멀고 갈증에는 가늠을 못하는 법. 사샤는 당신에게도 한 잔을 권했다. 거절해도 막무가내라 홀짝홀짝 잔을 비웠다. 창밖은 시베리아였다. 시베리아는 광활해도, 창틀을 액자 삼아 바라보는 풍경은 그림 한 장에 불과했다. 눈과 하늘의 흰색과 젖은 나무들의 검은색. 두 가지 색뿐이라 추상적이기도 했다. 사샤는 별다른 말 없이 이따금 당신에게 저민 생선을 건네며 보드카를 마실 뿐이었지만, 그런데도 매우 만족스러워 보였다. 차츰 안구 언저리가 안쪽부터 뜨겁게 달아올랐다. 그에 따라 열차의 진동이 커졌고, 그런데도 밖에 혼자 내동댕이쳐졌다기보다는 공 안에 갇힌 듯한 느낌이었다. 취해버렸는지도 모른다. 갑자기 누구에게 무슨 얘기든 솔직하게 할 수 있을 것 같은 기분이 들었다. 게다가 무슨 말을 해도 상대에게 사랑받을 것 같은 기분이었다. 고마워요, 정말 맛있었어요, 안녕, 이라고 말하고, 당신은 자리에서 일어나 비틀비틀 자기 객실로 돌아갔다.

켄과 마리는 여전히 마주앉아 있었다. 마리는 오늘 아침보다 다섯 살쯤 나이를 더 먹은 것처럼 보였다. 연인들은 싸우면서 늙어가는구나 하는 생각이 들었다. 피가 너무 위로 솟구친 탓인지, 얼굴이 무겁다. 켄은 새빨개진 당신의 얼굴을 보더니 약간 당황하며 "괜찮나요, 금방 수건 적셔올게요"라고 말하고 세면실로 달려갔다. 걱정해주는 모양이네. 당신은 기분이 무척 좋았다. 우울한 눈빛으로 당신 어깨 너머의 먼 풍경을 바라보려는 마리에게 "난 실은 샤먼이에요"라고 말하자, 마리는 얼굴을 찌푸렸다. 당신은 개의치 않고 말을 이었다. "난 시베리아 샤먼이라, 뭐든 다 알아요. 조에게 새 애인이 생겨서 당신이 혼자가 된 것도, 지금 자기의 길을 찾고 있다는 것도 알아요"라고 당신이 말하자, 마리의 눈동자가 휘둥그레졌다. "숙모님 댁에 가서 그림 공부를 하세요. 자기 힘으로 운명을 개척하세요. 켄이 무슨 소리를 하든 당신 생각을 바꿀 필요는 없어요. 벼락은 배꼽을 훔쳐가고, 애인은 영혼을 앗아간다고들 하잖아요, 정신 바짝 차려야 해요." 그때 켄이 물에 적신 수건을 들고 돌아왔다. 당신은 그것을 이마에 얹고 드러누웠다. 당신에게 자리를 내주듯 마리가 일어나 객실 밖으로 나갔다. 켄은 걱정스러운 듯이 당신 얼굴을 들여다보았다. 당신의 건강을 염려하는 게 아니라, 당신이 잔뜩 취해서 모든 걸 말해버릴까 걱정하는 건지도 모른다. 그런 생각이 들자 갑자기 유쾌해진 당신은 소리 내어 웃고 말았다. 켄이 몸을 구부려 당신 귓가에 대고 속삭였다. "있잖아요, 그 그림엽서 얘기는 마리에게 하지 마세요. 그건 조라는 나쁜 녀석에게 속아넘어갈 뻔한 그녀를 구해내기 위한 트릭이었으니까. 그때 마리는 사랑에 눈이 멀어 내 충고도 이상하게 오해만 할 뿐 전혀 귀를 기울이지 않았어요. 그래서 마리가 신뢰하는 마이크의 이름을 빌린 겁니다." 만약 이 말이 거짓이라면 상당히 잘 꾸며냈다는 생각에, 당신은 칼날을 더욱 벼리며 "그리고 당신은 마리 씨에게 푹 빠진 거죠"라고 몰아쳤다. 당신은 이제 무슨 말을 해도 부끄럽지 않았다. 잠시 머뭇거리던 켄은 "그건 별개 문제예요"라며 얼버무렸다. 쥐도 궁지에 몰리면 고양이를 무는 법, 도망갈 여지는 남겨주며 고양이가 선수를 친다. "그렇다면 마리 씨가 그림 공부를 하는 건 왜 반대하죠?" 켄은 놀란 표정을 지었다. 대답까지 잠시 시간이 걸렸다. "아무리 걸어도 방망이를 보지 못하는 개도 있는 법이에요.* 마리가 바로 그런 경우죠. 평범한 운으로도 되기 힘든 게 예술가인데, 마리처럼 운 나쁜 여자한테는 어림도 없어요. 당신은 그녀를 몰라요." 당신은 눈 속에서 뭔가가 빙그르르 회전하는 듯한 쾌감을 느끼며 놀리는 투로 말했다. "나도 아티스트가 되고 싶지만, 운은 굉장히 나쁜 편이에요. 어릴 때부터 제비뽑기 한 번 맞은 적이 없을 정도니까." 켄은 당황하며 "아뇨, 아뇨, 당신은 운도 좋고 재능도 있어요"라고 알지도 못하면서 갖은 아첨을 떨었다. 당신은 술기운 탓도 있고, 너무 우스운 나머지 엉덩이로 웃음이 새나올 지경이었다.

다음날도 마찬가지였다. 똑같은 빵에 똑같은 치즈, 똑같은 보르시치**에 똑같이 기름이 떠 있고, 창밖에는 눈과 자작나무가 있었다. 승무원이 이따금 차이, 차이, 라고 외치며 차를 팔러 다녔다. 차에는 설탕을 듬뿍 넣고 뜨거울 때 홀짝홀짝 마신다. 시간은 제아무리 말을 쏟아부어도 줄어들지 않는다. 시간에 말을 쏟아붓는 것은 사막에게 보드카를 마시게 하는 거나 다를 바 없었다. 켄은 마리의 눈을 들여다보며 말했다. "좀처럼 청춘에서 헤어나지 못하고, 언제까지고 화가가 되겠다는 친구가 몇 명 있어. 벌써 마흔이 넘었는데 말이지. 낡은 옷에 머리도 엉망이고, 돈도 없고. 입 벌리고 위만 보면서 걸어다니면 하늘에

---

* 일본에 '개가 걷다보면 방망이를 만난다'는 속담이 있는데, '뭔가를 하러 다니다보면 뜻하지 않은 행운이나 재액을 만날 수 있다'는 뜻이다.

** 러시아에서 즐겨 먹는, 육수에 채소를 썰어넣어 끓인 수프.

서 저절로 피로시키가 떨어지는 줄 알지. 당신이 그렇게 되는 건 원치 않아." 마리는 어제부터 무표정이었다. "그렇게 살아가도 나름 괜찮잖아. 유명해지고 싶어서 화가가 되려는 게 아니라면"이라고 대꾸하는 마리. "그렇지만 그들 역시 언젠가는 가족을 부양할 수밖에 없겠지"라고 말하는 켄. "돈 잘 버는 아내를 얻으면 되겠네. 아니면 그 친구에게 그만한 매력이 없나?"라는 마리. 켄은 화가 난 표정을 짓고 "시베리아는 따분해" 하고 말했다. "시베리아는 따분하네"라고 마리도 말했다. 그 점에서만큼은 의견이 일치했다. 따분하면 재미있게 해줄까, 당신이 취했을 때라면 그렇게 말했을지 모르지만, 오늘은 맨정신이라 말수가 적었다. 두 사람의 싸움은 견디기 힘들다.

도망쳐서 통로에 서 있자니 어디선가 다박수염 남자가 나타나 손짓했다. 이번에는 생선과 보드카가 아니라 옛날 우표 컬렉션이었다. 알료샤라는 남자였다. 쿠바 우표, 체코 우표, 베트남 우표, 팔아넘길 생각인가 했더니 그게 아니었다. 그저 심심풀이삼아 보여준 모양이다. 우표 속 풍경은 창틀 속 풍경보다 훨씬 작았다. 창밖에는 이따금 뭉게뭉게 연기를 뿜어내는 공장이 나타났다. 석탄에 검게 물든 눈, 나란히 늘어선 노동자 주택. 당신은 문득 진흙 속에 핀 연꽃을 보았다. 빨간 스웨터를 입은 소녀 하나가 석탄에 더럽혀진 눈 속을 달려가고 있었다. 내일은 드디어 이르쿠츠크에 도착한다. 그곳에 내려서 이틀 밤을 묵을 예정이다. 그리고 당신은 아직 낮인데도 몇 시간쯤 잠들어버렸다. 낮과 밤의 구별이 기분상 점점 애매해진다.

나흘째. 새벽 네시에 이르쿠츠크에 도착했다. 승무원이 역이라고 하니 역일 테지. 마리와 켄은 아직 자고 있어서 이별을 고할 수도 없었다. 바깥 공기에 닿는 순간, 살갗이 쩍 소리를 내며 나무껍질로 변했다. 당신도 언젠가는 자작나무가 될지 모른다. 어두워서 역 상황을 파악할 수 없다. 모스크바에서 예약해둔 택시도 보이지 않았다. 이제 어떻게 해야 하나.

일곱번째 바퀴

하바롭스크로

세계지도를 펼쳐보면 시베리아 대륙 한가운데 오그라든 균열 하나가 있다. 그것 때문에 광활한 유라시아 대륙도 언젠가 둘로 갈라져버리지는 않을까 불안해진다. 호수치고는 너무 크다. 일본 혼슈 지역 면적과 별 차이가 없을지도 모른다. 혼슈보다 클지도 모른다. 게다가 그 물에는 바닷물에서만 사는 물고기가 살고 있다고 한다. 요컨대 옛날에는 그곳이 바다였다는 말일 수도 있다. 그렇다면 유라시아 대륙은 두 대륙이 맞부딪쳐서 하나로 합쳐진 걸까. 바이칼 호는 벽에 난 균열 같기도 하다. 그리로 들여다보면 저 너머로 태고의 세계가 보인다.

이 호수 근처에 이르쿠츠크라는 도시가 있다. 당신은 그곳에서 묵었다. 낮에는 도시를 산책했다. 당신은 손에 노랗고 빨간 꽃을 든 사람이 묘하게 많다는 것을 알아차렸다. 꽃을 들고 길모퉁이에서 인사를 주고

받는다. 내쉬는 숨결은 여전히 새하얗지만, 3월의 햇살은 환한 노란빛을 머금고 있어 기분이 조금 다르다. 기온이 아주 조금이나마 영하권을 벗어난 것만으로도, 다들 이미 봄이 온 듯한 축제 기분에 젖은 것 같았다.

당신은 그 도시에서 더 동쪽으로 가는 열차를 탔다. 이제 모스크바가 상상도 못할 만큼 멀어져버린 기분이 들었다. 앞으로 사흘만 더 타고 가면, 이 대륙의 동쪽 끝자락에 닿는다. 그곳에 외따로 떠 있을 사할린 섬의 형상이, 화석에 남겨진 나뭇잎 흔적처럼 몇 번이나 뇌리에 떠올랐다.

이틀째 밤, 잠이 깨버린 직후, 변명처럼 방광에 압박감을 느꼈다. 화장실에 가고 싶구나 하고 남의 일처럼 생각한다. 일어날 마음이 들지 않는다. 이게 꿈이면 얼마나 좋을까. 그러나 화장실에 가고 싶은 인간과 잠이 깨버린 인간과 일어나기 싫은 인간을 다 더해도 결국은 단 한 사람이다. 자신이 혼자라고 이토록 절절히 느껴지는 순간은 없다. 설령 혼자 하는 여행이 아니더라도 동행을 깨워서 화장실에 갈 수는 없다. 인간은 화장실에 갈 때는 늘 혼자다. 피할 길 없는 운명인 것이다. 오직 혼자서 힘겹게 침상을 뿌리치고 나와 냉랭한 밤기차 차량을 뚫고 지나가야 한다. 당신은 객실에서 나와 석탄과 마늘, 소련제 담배 냄새가 밴 복도를 걸어갔다. 잠옷 삼아 입은 낡은 트레이닝복은 옷자락이 팔랑거려서 미덥지 않다. 왠지 어린애로 돌아간 것 같은 기분도 든다. 창밖은 캄캄하고, 민가도 가로등도 없다. 밤의 중심에 어스름히 떠오르는 것은 당신 자신의 그림자였다. 창 주위는 공기가 냉랭해서, 되도록 창에서 멀찍이 떨어져 뭉그적뭉그적 앞으로 나아갔다. 걸어가면서도 잠의 유혹에 빠져든다. 눈꺼풀이 무겁다. 눈을 감은 채 더듬더듬 볼일을 보고 곧바로 침상으로 돌아가고 싶었다. 화장실 문 손잡이에 손을 얹고 힘을 꽉 주며 밀었다. 문은 아무런 저항 없이 반대편으로 움직였고, 그 바람에 당신은 앞으로 고꾸라지면서 발바닥이 바닥에서 붕 떴다. 커다란 암흑이 입을 쫙 벌리며 당신을 집어삼켰고, 순식간에 음량이 열 배로 높아진 선로와 기차 바퀴의 마찰음이 파도처럼 엄습해왔다. 파도는 당신을 칭칭 휘감아 팔 밑에 끼고 바깥 세계로 끌어냈다. 그리고 당신은 쿵 소리를 내며 얼어붙은 초원에 나동그라졌다. 귀청을 찢을 듯한 열차 소리가 바로 옆을 스쳐지나갔다. 기차에 깔린다. 이젠 끝이다 하는 생각에 당신은 목을 움츠리고 숨죽이며 기다렸다. 그런데 열차는 순식간에 당신 옆을 지나 앞질러가버렸다. 아무 일도 일어나지 않았다. 천천히 머리를 들어올리자, 멀어져가는 열차의 꽁무니가 어둠 속에서 번쩍번쩍 불꽃을 흩날렸다.

가슴속에서 두려움이 솟구친 것은 그때부터였다. 나는 지금 열차에서 떨어진 것이다. 시베리아 한복판의 초원에 혼자 누워 어둠 속에서 얼어가는 것이다. 내일까지 열차가 지나가지 않을 게 뻔하다. 설령 화물열차가 지나간다 해도, 내가 여기 누워 있는 것을 어떻게 알린단 말인가. 두툼한 트레이닝복을 잠옷 대신 입었는데도, 벌써부터 냉기가 목 언저리로 비집고 들었다. 목도리를 대신할 만한 게 없을까, 아아 큰일이다. 나는 난생처음 죽을지도 모르는 상황에 처하고 말았구나, 하고 당신은 생각했다. 주위를 둘러봤지만, 아무것도 보이지 않는다. 나무 한 그루 없다. 저 멀리 어슴푸레 색의 경계선이 보이는 언저리가 지평선인 모양이다. 당신은 야맹증에 근시인데다 안경은 열차에 두고 와버렸다. 지금 의지할 수 있는 것은 선로뿐인지도 모른다. 선로를 따라 걸어가면 마을이 있을 수도 있다. 멀지도 모르지만, 여기 누운 채로 얼 어붙는 것보다는 낫겠지.

그렇게 생각하고 당신은 걸음을 내디뎠다. 바람은 없었지만, 걷기 시작하자 앞에서 맞부딪쳐오는 공기 저항이 얼음벽으로 변했다. 멀리 서 누군가가 휘파람을 부는 듯한 소리가 들렸지만, 너무 멀어서 사람 인지 짐승인지 기계인지 분간할 수 없었다.

그래도 계속 걸어가자 몸이 조금은 따뜻해지는 느낌이 들었다. 동공 도 조금은 어둠에 익숙해졌을 즈음, 굵직한 나무 다섯 그루가 오른쪽 앞에 서 있는 모습이 보였다. 깊고 깊은 대지의 밑바닥에서 뻗어 나온 커다란 손처럼 보이기도 했다. 당신은 걸음을 재촉해 그 나무 옆을 지 나 선로가로 걸어갔다. 머지않아 앞에 작은 통나무집 몇 채가 어깨를 맞대듯 서 있는 모습이 보였다. 천만다행이라 생각한 순간, 당신은 아 주 잠깐 오열을 터뜨리고 말았다. 그러나 오열도 마치 딸꾹질이나 재 채기처럼 우스꽝스럽게 지나가버렸다. 감동에 젖어들 여유가 없었다. 창문은 커튼으로 덮여 있고, 그 안쪽에도 불이 켜진 기색은 전혀 없는 듯했다. 찬찬히 살펴보니 네번째 집 창문만 어렴풋이 밝았다. 당신은 유리창에 코를 찰싹 붙였다. 커튼 틈새로 조그만 거실 같은 방이 보였 다. 거기에는 전등도 켜져 있지 않았지만, 안쪽 문이 반쯤 열려 있고 그 너머는 밝다. 부엌인지 수증기가 피어오르고, 다부진 남자 하나가 등을 돌리고 서 있었다. 요리라도 하는 것 같았다. 당신은 부랴부랴 현 관 쪽으로 돌아가 양손으로 힘껏 문을 두드렸다. 안에서 낭랑하고 낮 은 목소리가 들리고 문이 서서히 열렸다. 당신 얼굴을 본 상대가 놀라서 문을 다시 닫아버리면 어쩌나 걱정했지만, 그런 일은 없었다. 상대는 램프로 당신 얼굴을 한 차례 쭉 비춰보고, 기이해하는 표정으로 우두커니 서 있었다. 당신이 러시아어 단어를 늘어놓으며 손짓발짓으로 야간열차에서 떨어졌다고 설명하자, 이해했는지 어땠는지 모르지만 여하튼 문을 열고 안으로 들어오라고 턱짓을 했다.

나무 바닥에 닳아빠진 작은 융단 두 장이 집어던진 듯이 깔려 있었다. 나뭇결이 두드러져 보이는 소박한 탁자와 의자, 찬장이 있었다. 가전제품은 없었다. 벽에 작은 거울 하나가 걸려 있었다. 타오르는 석탄 난로 위에 냄비가 올려져 있었다. 냄비에서 김이 피어오르고, 사과를 조리는 것 같은 새콤달콤한 향기가 가득차 있었다. 저게 뭐냐고 묻자, 남자는 대답 대신 나무그릇에 냄비의 내용물을 떠서 탁자 위에 올렸다. 노란 빛깔의 걸쭉한 음식이 들어 있었다. 혀가 데일 정도로 뜨거워서 나무 숟가락으로 떠서 삼키자, 몸속으로 뜨거운 기둥이 뻗어나가는 것 같았다. 러시아의 옛날이야기 그림책에서 곰 세 마리가 이런 나무 숟가락을 썼던 것 같은 기분이 들었다. 남자는 사모바르*에서 뜨거운 물을 졸졸 받아 홍차를 넣고, 거대한 설탕단지와 함께 당신 앞에 내려놓았다. 죽을 다 먹은 당신은 후유 한숨을 내쉬고 홍차를 마셨다. 어느새 추위가 어떤 감각인지 까맣게 잊어버렸다.

남자가 안에서 낡은 책을 꺼내와 펼쳤다. 곰팡이와 먼지 냄새가 피어올랐다. 세계지도였는데, 꽤나 오래됐는지 종이가 흡사 자작나무 잎처럼 단풍이 들었을 뿐 아니라, 대영제국이 세계 전역에 펼쳐져 있었

---

* 러시아 전래의 특유한 주전자.

다. 당신은 이르쿠츠크를 가리키며 "어제 난 여기 있었어요"라고 말했다. 그리고 손가락을 조금 동쪽으로 옮기고 "열차를 탔는데, 화장실에 가야 해서 화장실 문을 열었죠. 그랬는데" 하면서 설명하기 시작했지만, 떨어진다는 동사를 몰라서 움직이던 손가락을 사람 모양으로 만들어 탁자 테두리에서 바닥으로 떨어지는 흉내를 냈다. 남자는 웃으며 당신의 어깨를 두드렸고, '내 집처럼 편히 생각하세요'라는 듯한 말을 건넸다. 적어도 당신에게는 그런 의미로 받아들여졌다. 그 순간 왠지 모르게 마음이 술렁이며 몸이 떨렸고, 우연처럼 눈길이 멈춘 벽에 걸린 거울, 거기에 남자의 목덜미가 비쳤는데, 뭔가 이상했다. 어 하고 생각한 순간, 남자가 목을 살짝 틀었는데, 거울에 비친 것은 여성의 옆얼굴이었다. 당신은 놀라서 남자의 얼굴을 바라보았다. 이상한 데는 하나도 없었다. 성실하고 정직해 보이고, 말이 없고 외로워 보이는 오십대 남자의 얼굴이다. 피부는 우윳빛에 부드러워 보이지만, 수염이 숭숭 나 있다. 거울로 시선을 돌리자, 거기에 비친 것은 사십대의 도시 인텔리 여성의 얼굴이었다. 자부심 강하고 섬세하고 엄격하고, 남자와 굳이 공통점을 꼽자면 약간 외로워 보이는 면뿐이다. 당신은 어찔어찔 현기증이 났다. 이미 열차에서 떨어졌으니 더이상 떨어질 리 없건만, 지금부터 정말로 떨어져내릴 것 같은 기분이 들었다.

차를 다 마시자, 남자는 당신의 어깨를 두드리며 따라오라고 했다. 부엌의 찬장 뒤쪽으로 돌아서자, 커다란 통이 놓여 있고 뜨거워 보이는 물에서는 수증기가 뭉게뭉게 피어오른다. 여기서 몸을 씻으라고 한다. 당신은 좋지 않은 예감이 들었지만, 남자는 반론은 듣지 않겠다는 양 위압적으로 옆에 떡 버티고 서서 팔짱을 꼈다. 거스르면 우격다짐으로 탕에 집어넣을 게 틀림없다. 만약 거울에 비쳤던 그 모습이 이 남자의 본래 모습이라면 두려워할 건 하나도 없다. 지금 눈에 보이는 이 모습이 본래 모습이라 해도 딱히 두려워할 필요는 없다. 그러나 양쪽이 일치하지 않기 때문에 불안을 떨칠 수 없다. 통 주위에는 낡은 모피가 깔려 있었다. 곰의 털가죽이었다. 자기 손으로 사냥해서 잡았을까. 찬찬히 보니 얼굴도 붙어 있다. 곰의 얼굴은 누군가의 얼굴과 아주 비슷했다. 누구인지 떠오르지 않아 불안해졌다. 열차 안에서 봤던 승무원의 얼굴인가. 아니, 그건 아니다. 그렇다면 옆 객실에 있었던 학생 얼굴? 아니, 아니다. 당신은 다시 한번 고개를 좌우로 힘껏 흔들고 "알겠어요. 고마워요"라고 말했다. 남자는 만족스러운 듯이 고개를 끄덕였지만, 자리를 뜨려 하지 않는다. 당신은 하는 수 없이 옷을 벗으면서, 어느새 양성구유가 된 자기 몸을 별로 놀라지도 않고 바라보았다. 제아무리 이상한 일도 옛날부터 그렇게 되기로 정해져 있었고, 게다가 자신은 그 사실을 이미 알고 있었으면서도 모르는 척했을 뿐이라는 것을 깨달았다. 물은 수증기를 자욱하게 뿜어내는 것치고는 그리 뜨겁지 않았다. 왼 다리를 담그고, 오른 다리를 담그고, 배에 주름을 잡으며 웅크려 앉자, 가슴과 무릎이 붙으며 그 언저리까지 물이 차올랐다. 봉긋이 솟은 유방 사이로 아래쪽에서 흔들거리는 남자 성기가 보인다. 나는 정말로 남자이기도 하고 여자이기도 한 걸까. 물속에 웅크려 앉아 있다. 이상한 자세였다. 집주인은 이것을 과연 어떻게 생각할까 싶어 시선을 들자, 팔짱을 낀 채 진지한 표정으로 당신을 관찰하고 있다. 당신은 몸을 씻지 않으면 야단 맞을 것 같아 시늉만 내는 정도로 오른손으로 어깨에 물을 끼얹고 문질러봤지만, 남자는 그 정도로는 안 속는다는 듯한 엄한 표정으로 뚫어져라 관찰하고 있다. 몸을 정갈하게 한다고 뭐가 변하겠느냐고 생각해본들 아무 소용도 없는 지금, 당신은 자기가 평소에 어떤 순서로 어떻게 몸을 씻었는지 떠오르지 않았다. 물에 희미하게 비친 자기 얼굴을 보며, 저건 여자의 얼굴일까 남자의 얼굴일까 생각해본다. 어느 쪽이라고도 말할 수 있다. 어느 쪽도 아니라고 말할 수도 있다. 젖어 있어서 분명치 않다. 수건으로 물을 닦아내면 조금은 확실해질 것 같은 기분이 든다. 배에 힘을 주며 일어서려고 하자, 남자가 손을 쭉 뻗어 당신을 다시 물속으로 되돌렸다. 그 얼굴을 머뭇머뭇 살펴보자, 엄하게 꽉 다문 입술로 고개를 좌우로 흔든다. 아직 나오지 마, 몸을 제대로 씻어, 라는 뜻인 듯하다. 내 얼굴을 그 거울에 비춰보면 어떨까. 여자가 비칠까, 아니면 남자가 비칠까. 무서워서 들여다볼 수 없을지도 모른다. 물은 식어가기는커녕 오히려 조금씩 뜨거워지는 것 같았다. 이대로라면 육수가 되어버린다. 통 밑에 아궁이가 있는지도 모른다. 조금 전에 먹은 새콤달콤한 사과 무스가 장 속에서 발효되기 시작해, 하반신이 왠지 모르게 불안정해졌다. 커지고 부풀어오를 징조다. 여성 성기가 부풀면서 커지고 남성 성기가 부풀며 상승하기 시작한 것만으로도 버거운데, 한술 더 떠서 꼬리뼈에서 붓 같은 꼬리가 돋아나고, 허벅지에는 아르마딜로의 비늘 같은 게 솟아나고, 혈관이 피를 내보낼 때마다 몸의 윤곽이 삐걱삐걱 소리를 낸다. 성장하는 것이다. 골반이 터질 것 같다. 흘러나오는 것은 혈액뿐이 아니다. 림프액인지 땀인지 타액인지 모르겠지만 액체가 가득 넘쳐 하반신이 꽉 찼는데, 일어서려고 하자 위에서 뻗어온 커다란 손이 머리를 꾹 눌러서 통 속에 철퍼덕 엉덩방아를 찧고 말았다. 뜨뜻미지근한 물. 당신을 감싸고 있는 걸까, 아니면 당신의 안에서 흘러나온 것일까, 안과 밖이 녹아들어 아무려나 상관없어진다. 그렇지만 안 돼, 어디선가 안 돼, 안 돼 하는 목소리가 들려온다. 이 선을 넘으면 안 돼, 곤란해, 멈춰, 다시는 되돌릴 수 없어, 일단 해버리면 이미 늦으니까 아슬아슬한 순간에 멈춰. 그렇게 말하는 이성의 목소리에 대항해서 융합의 매혹이 의지를 무디게 만들며 괜찮아, 괜찮아, 라고 속삭인다. 그대로 몸을 맡겨도 돼, 그대로 흘러가, 흘러가게 놔두고 가는 데까지 가버려, 어차피 자기 의지로는 어쩔 수 없으니까, 기분이 좋으면 그만이니까, 그냥 거스르지 말고 스르르.

당신은 눈을 번쩍 떴다. 어두운 천장이 눈 바로 위에 있다. 차체가 덜컹덜컹 흔들리는 소리, 선로와 기차 바퀴의 마찰음. 화장실에 가고 싶다. 시계를 보니 새벽 두시 반이었다. 아침까지는 아직 시간이 꽤 많이 남았다. 성가셔도 일어나서 갈 수밖에 없겠지.

여덟번째 바퀴
빈으로

아주 최근의 일이다. 당신은 빈에서 있는 공연에, 비행기를 타지 않고 야간열차로 가기로 했다. 당신은 몇몇 댄스 페스티벌에서 높은 평가를 받은 후로 초청이 잇달았고, 교통비는 늘 상대방이 부담해서 이제 더이상 조금이라도 싸게 가는 방법을 고심할 필요가 없었다. 택시를 타고 비행장까지 가서 안전벨트를 채우고, 자고, 다시 안전벨트를 풀고 택시를 타면 여정은 끝난다. 그런데 이번에는 완전히 다르게 해볼 생각이었다. 갑자기 장난기가 발동했다. 오랜만에 야간열차를 타보자. 함부르크에서 워크숍을 끝내고 다음날 야간열차로 빈으로 이동한다. 그런 생각이 떠오르자, 의욕이 샘솟았다. 요즘에는 재미있는 사람을 별로 못 만났다. 재미있는 사건도 접하지 못했다. 돈 걱정이 사라져 최단거리를 택하게 된 탓이 아닐까. 젊은 시절처럼 야간열차를 타면 재미있는 일이 생길지도 모른다.

역에 도착하자, 출발 시간까지는 아직 삼십 분 넘게 남았지만, 열차는 벌써부터 입을 벌리고 당신을 기다리고 있었다. 당신은 무거운 트렁크를 질질 끌며 게걸음으로 복도를 지나 객실에 트렁크를 들여놓았다. 그리고 복도에 서서 창으로 플랫폼을 내다보았다. 역 뒤편에 새로 들어선 호텔의 레스토랑이 보인다. 레스토랑 벽은 투명한 유리로 만든 데다 조명이 밝아서 실내가 또렷이 보였다. 체격이 좋은 두 남자가 작별 의식을 치르고 있다. 악수하려 손을 내밀고, 발을 바꿔 디디고, 어깨를 움직이고, 고개를 흔들고, 동작만 보고 있으니 어쩐지 벌의 춤이라도 관찰하는 기분이 든다. 말이 안 들리기 때문이라는 걸 알아차렸다. 열차 유리창이 눈앞에 있다. 호텔 유리창이 그 너머에 있다. 유리를 몇 겹이나 사이에 두고 저 먼 곳을 바라보고 있는 발차 전 시간.

검은 드레스를 입은 여성이 혼자 올라탔다. 대기실에서 나온 승무원은 젊은 여성이었다. 그 여성이 막 차에 오른 여성의 얼굴을 보고 놀라며 "어머나" 하고 소리쳤다. 두 사람은 복도에서 걸음을 멈추고 서로의 얼굴을 바라보았다. 드디어 재미있는 일이 시작될 게 틀림없다. 당신은 숨을 삼켰다. 두 사람은 어릴 때 헤어진 자매일지도 모른다. 언니는 아빠와 미국으로 건너가고, 여동생은 엄마와 독일에 남았다. 혹은 예전에 서로 애인을 차지하려고 칼을 휘두른 사이였을지도 모른다. 당신 머릿속에서 엽가판 시나리오 서너 개가 어지러이 날아다녔다.

"우리 어디서 만난 적 있죠. 최근에 이 열차를 타셨나요?"

"아뇨, 야간열차는 오늘이 처음이에요. 하지만 저도 당신 얼굴을 어디선가 본 적이 있어요."

"아, 혹시 '참새둥지'에서 점심 자주 드세요? 그 레스토랑 근처에 사신다든가."

"아니에요."

"빈에 사시는 거 아닌가요."

"네, 빈에 살긴 하는데, 전혀 다른 지역이에요. 서역西驛 근처예요. 혹시 영화를 좋아하셔서 자주……"

"아뇨, 영화는 거의 안 봐요. 마지막으로 본 게 칠팔 년 전일걸요."

당신은 두근거리는 마음으로 두 사람의 대화를 엿듣고 있었다. 그때 또 한 사람 다른 승객이 올라타서, 승무원은 일단 그쪽으로 가버렸다. 발차 시간이 되자, 그녀가 잰걸음으로 돌아와서 말했다.

"기억났어요."

검은 드레스 여성도 고개를 끄덕이며 말했다.

"저도 지금 막 생각났어요."

그러더니 두 사람은 소리를 맞춰 키득키득 웃었다. 당신은 따돌림을 당한 것 같아 기분이 언짢았지만, 그렇다고 가르쳐달라고 말할 용기는 없었다. 자극받은 채 버림받은 호기심에 괴로워하며 담요를 들썼지만 잠이 오지 않았다. 괜히 야간열차를 탔다. 창도 두꺼운 커튼으로 덮여 있고, 설령 무리하게 커튼을 걷는다 한들 밖이 캄캄하니 아무런 정보도 얻을 수 없다.

다음날 아침 아홉시, 당신은 시무룩하게 아침을 먹었다. '희망하는 항목에 표시해주세요. 세 가지까지는 무료, 그 이상은 한 가지당 추가요금 1마르크 50페니히를 받습니다'라고 어젯밤에 건네받은 주문서에 쓰여 있어서, 빵 두 개, 버터, 치즈, 커피에 표시를 했다. 아무래도 세

항목으로는 아침식사가 안 될 것 같다. 마실 게 없으면 곤란하고, 이런 빵에 버터 없이 치즈만 끼워도 퍼석퍼석하다. 버터만 발라 먹으면 맛이 없다. 역시 버터와 치즈 혹은 버터와 잼이 필요하다. 그것만 택하고, 빵을 선택하지 않는 것은 물론 난센스다. 아무래도 네 가지가 되고 만다. 네번째는 사치가 아니라 필연인데, 왜 추가요금을 받아서 욕심 부린 것 같은 기분이 들게 할까. 그 정도 금액은 아예 처음부터 요금에 포함시키면 좋을 텐데. 아니, 어쩌면 사람은 일단 지갑을 열면 그 이상으로 이것저것 사고 싶어지기 마련이니, 그것을 노렸을지도 모른다. 닫힌 지갑은 닫힌 채로 있다. 한번 열리면 점점 흘러나온다. 그러나 열린 장소가 야간열차라면 얘기가 다르다. 아아, 한심하긴. 야간열차 아침식사에 제아무리 사치를 한들 낭비까지도 안 되니, 아침식사 가격에 관한 생각은 이제 그만 집어치우자. 야간열차의 찻간은 서커스 차나 마찬가지라, 모험가처럼 허리띠를 바짝 졸라매며 지내게 된다.

열차에서 내려, 마중 나온 주최측 사람인 오십대가량의 남성과 역에서 커피를 마셨다. 상대의 이름은 벡이었다.

"무슨 재미있는 일이라도 생길 줄 알고 일부러 야간열차를 탔는데, 아무 일도 없었어요."

"재미있는 일이라뇨, 예를 들면?"

"수상쩍은 사람이 이상한 짓을 한다거나, 무서운 사람이 있어서 위험한 상황에 처한다거나."

벡 씨는 그때까지는 낮고 침착한 목소리로 거의 표정 변화 없이 얘기했는데, 그 말을 듣자마자 엄니 같은 송곳니를 훤히 드러내며 큰 소리로 웃고는 이런 이야기를 들려주었다.

이미 몇 년 전 일인데, 벡 씨는 애인이 함부르크에 있어서 빈에서 자주 야간열차를 타고 만나러 갔다. 하노버 근처쯤 가면 더는 기다릴 수 없어져, 남은 두 시간은 속으로 새벽 추위에 불평을 퍼부으며 창밖만 바라보곤 했다. 그러던 어느 날, 역시나 아침 일찍 눈이 뜨여서 커튼을 열고 멍하니 밖을 내다보고 있었다. 같은 객실에는 다른 승객이 없었다. 하노버 역에서 열차가 멈춰 차에서 내리는 몇몇 사람들을 창밖으로 바라보고 있는데, 별안간 객실 문이 열리더니 여자 하나가 뛰어들어왔다. 아침이 된 후에 침대차에 타다니 이상하다. 아마도 함부르크행 보통열차에 타려다 잘못 알고 급히 올라탔겠지. 흐트러진 시트를 보면 누구나 금방 자기 실수를 알아챌 텐데, 그 여자는 망설임 없이 벡 씨 맞은편의 구깃구깃한 시트 위에 자리를 잡고, 창밖 상황을 열심히 살폈다. 매춘부일지 모른다는 의혹이 벡 씨의 머릿속을 스쳐지나갔다. 매춘부에게 속아 끔찍한 경험을 한 적이 있어 당장 객실에서 도망치려고 자리에서 일어섰는데, 그 여자는 아무 말이 없고 자기를 보려고도 하지 않는데다 손에 든 핸드백마저 덜덜 떨려서, 그 모습을 보고 벡 씨는 깜짝 놀랐다. 그에 비하면 얼굴은 무표정했고, 머리칼은 단정히 손질되어 있었고, 새하얀 실크 블라우스 옷깃 사이에서 진주목걸이가 침전된 지방 같은 빛을 발하고 있었다.

　"어떡하지."

　여자가 중얼거렸다. 혼잣말 같기도 하고 벡 씨에게 던진 말 같기도 했다.

　"무슨 일 있습니까?"

　"전 쫓기고 있어요."

"누구에게?"

"저를 죽이려는 남자가 있어요."

벡 씨는 곤란해지고 말았다. 혹시 그 말이 사실이라면, 당장 일어나 경찰을 부를 수밖에 없다. 그러나 저건 망상일 뿐이라고 여기게 하는 뭔가가 있었다. 그 뭔가가 뭐냐고 물으면 대답하기 어렵다. 여자는 단정한 매무새에 진지한 표정을 하고 있었다. 이 사람이 하는 말을 의심해야 할 이유는 없다. 벡 씨는 승무원이 와서 사정을 물어주길 기대했다. 제복을 입은 사람이라면, 이럴 때 어떻게든 해결해줄 것 같은 기분이 든다. 그러나 승무원은 이제 곧 내릴 사람들에게 맡아둔 차표나 여권을 나눠주고 아침식사를 준비하느라 바쁜지, 도통 모습을 드러내지 않았다.

"어떡하죠, 전 칼에 찔릴 거예요."

열차는 움직이기 시작했다. 벡 씨는 마음이 놓였다.

"이제 안심하세요."

"아니에요, 지금 열차로 뛰어올랐을 게 틀림없어요."

여자는 여전히 부들부들 떨며 객실 문을 닫고 자물쇠를 걸었다. 벡 씨는 스스로도 이해할 수 없는 불안에 휩싸였다. 문이 섬뜩해 보인다. 금방이라도 노크 소리가 들릴 것 같다. 그것은 전염성 공포였다. 무슨 수를 써서든 자기를 죽이려고 결심한 사람이 있다. 설득하려 해도 도무지 들으려 하지 않는다. 아무리 도망쳐도 따라온다. 문을 닫고 집안에 숨으면, 자기가 나올 때까지 언제까지고 문밖에서 기다린다. 길을 걸어도 어느 모퉁이에 숨어 있을지 알 수 없다. 텔레비전을 켜면 화면에 나타난다. 우편함을 열면 그 안에 그 사람이 보낸 편지가 들어 있다. 한밤중에도 전화가 몇 번씩 울린다. 벡 씨는 크게 소리지르고 싶어졌다. 여자의 손을 잡고 둘이서 달리는 열차 창에서 뛰어내리고 싶어졌다. 이렇게 두려워할 바엔 차라리 죽는 게 낫겠다고 생각하는 사람의 심정을 처음으로 이해할 것 같았다.

그런데 그때 문득 여자의 손으로 시선을 돌렸는데, 손톱이 3, 4센티미터나 길어 있었다. 구부러지고 비틀리고 때가 끼고 희미하게 매니큐어 흔적이 남아 있어서, 아이들 그림책에 나오는 마녀의 손톱 같았다. 벡 씨는 그 손톱을 본 순간 갑자기 안도했다. 언뜻 보기에는 전혀 이상하지 않았던 여자의 겉모습에 벡 씨는 휘말려버렸지만, 막상 여자의 평범하지 않은 부분을 발견하고 보니 불안에서 해방되었다. 나는 평범하고, 상대는 평범하지 않다는 마음이 갑자기 든 것이다. 그것은 이 여자의 불안이지 나의 불안이 아니다. 이 여자가 살해당할 거라는 말은 망상일 수도 있고 사실일 수도 있다. 그러나 어느 쪽이든 그것은 이 여자의 문제이고, 그것은 이 겉모습, 새처럼 손톱을 기른 이 여자의 육체에 들러붙은 사건인 것이다. 그렇게 생각한 순간, 열차가 급브레이크를 걸며 역에 정차했다. 아직 역은 아니었다. 여자는 핸드백을 품에 끌어안고, 연극이 끝난 극장을 떠나듯 홀연히 일어서더니 작별인사도 없이 객실에서 뛰어나갔다.

벡 씨는 그후로 일단 상대의 세세한 부분을 관찰하게 되었다. 그 여자도 전체적으로는 말끔한 차림새였지만, 손톱만 이상했다. 양복을 입고 넥타이를 매고 머리를 단정하게 매만진 신사라도, 열차에서 마주앉아 있다보면 몹시 불안해질 때가 있다. 그럴 때 세세한 부분을 찬찬히 관찰해보면, 상대의 손바닥이 땀으로 흥건히 젖어 있거나 한다. 옷깃

에만 까맣게 때가 탔을 때도 있다. 그걸 발견한 순간에는 흠칫 놀랄지도 모른다. 그러나 발견한 것을 지그시 바라보다보면, 머지않아 불안이 그 자리에 깃들면서 자기 안에서 멀어지는 것을 느낄 수 있다. 야간열차에서 머리부터 발끝까지 한눈에 흡혈귀임을 알아챌 수 있는 상대를 마주치는 일은 거의 없다. 오히려 마魔는 세세한 부분에 깃든다고 벡 씨는 말하는 것이다.

아홉번째 바퀴

바젤로

스르륵 안으로 들어선다. 기절한 상태로. 머릿속에 고여 있던 혈액이 가슴을 지나고 배를 지나 하반신으로 흘러내려가버리면, 눈이 안보이게 되면서 의식만이 혈액을 좇듯 점점 아래로 향하고, 몸을 지탱할 수 없게 되어 웅크리고, 쪼그리고, 주저앉고, 드러눕는다. 눕고 나면 줄어든 몸속의 혈액이 가까스로 머리 쪽으로도 조금 돌아와서, 간신히 '나'라고 부를 만한 존재를 되찾는다. 침대는 평평하고 왠지 딱딱해서 척추뼈가 아프다. 척추뼈는 알파벳 에스 자 형태로 휘어져 있으려 한다. 그것을 억지로 펴고 누워 있으니 아프다. 승무원이 기차표와 여권을 거두러 왔다. 구원받은 심정으로 일어나서 허리춤에 감아둔 소지품 가방을 꺼내 열었다. 기차표는 땀에 젖어 뜨뜻미지근했다. 실은 이렇게 몸을 일으키고 앉아 있는 게 훨씬 편하다. 그러나 승무원이 나가자 또다시 침대에 털썩 쓰러져버린다. 방금 전에는 승무원의 힘으로 일어났을 뿐이다. 당신 안에는 상반신을 수직으로 지탱할 만한 힘조차 없다. 하물며 일어나서 식당차로 걸어갈 기력 따윈 더더욱 없다. 목은 마르지만.

당신은 이번에 굉장한 초대를 받았다. 바젤 극장에서 당신 자신의 작품을 만들어보지 않겠느냐는 제안이다. 단순히 고용된 댄서로 춤을 추는 것과는 차원이 다른 얘기다. 다른 댄서를 몇 명 더 쓸 수 있다. 그들의 보수도 지불해준다. 무대장치를 만드는 사람도 있다. 제작자와 작업장도 있다. 대형 쓰레기를 주워 와 쇠망치를 쥔 손바닥에 물집이 잡히도록 밤새 제 손으로 무대를 만들던 옛날과는 엄청난 차이다. 당신은 출세했다. 당신은 운이 좋은 인간이다. 이미 예전에 무대생활을 접고 주부나 직장인이 되어버린 옛 동료도 많다. 그 사람들이 불행하다고 할 순 없지만, 혹시 그들이 운명을 맞바꿔달라고 부탁한다면 당신은 그 자리에서 단호히 싫다고 거절할 것이다. 그러나 이번 바젤 건은 내심 불안하기도 하다. 내가 정말 해낼 수 있을까, 끝까지 버텨낼 수 있을까. 춤추는 것은 고통스럽지 않다. 춤추는 동안은 몸이 가볍다. 하지만 연출을 한다는 것은, 끝까지 쓰러지지 않고 웅크리지 않고 집의 기둥처럼 꼿꼿이 버텨내야 한다는 뜻이다. 내일부터 할 일을 떠올리면, 무거운 뭔가에 짓눌리는 기분이다. 앞쪽에서 비스듬히 가슴을 짓눌러서 뒤로 넘어갈 것 같았다. 그래서 졸리지도 않은데 곧장 침대에 누워버린 것이다.

그때 객실 문이 열렸다. 검은색 정장을 입은 여자가 작은 트렁크를 들고 서 있었다.

"안녕하세요. 제가 이쪽 침대를 예약했어요."

그렇게 말하며 당신의 옆 침대에 내려앉았다. 당신은 허둥지둥 몸을 일으켰다. 위쪽 두 침대는 오늘은 비어 있다. 여자는 트렁크를 좌석 밑에 밀어넣고 핸드백에서 콤팩트를 꺼내 가볍게 화장을 고친 후,

"식당차에서 맥주 좀 마시고 올게요."

라며 객실에서 나갔다. 문이 닫히자 당신은 또다시 침대에 털썩 쓰러졌다. 일어나 앉아 있을 기운이 없다. 일시적으로 낯선 여자의 생명력에 힘입어 가까스로 몸을 일으켰을 뿐이다. 시트가 대리석으로 만든 주름처럼 보인다. 딱딱하고 차가운 침대. 일종의 수술대다. 당신은 수술대에 누워 있는 것이다. 눈은 말똥말똥 뜨고 있지만, 어느새 마취 기운이 온몸으로 퍼져서 손가락 하나 까딱할 수 없다. 뇌 속에서 명령이 뱅글뱅글 맴돌아도 그걸 전달할 신경이 잠들어버려서, 명령은 근육에 가닿기도 전에 잊히고 사라져버린다. 눈도 깜박일 수 없다. 맥없이 풀린 손을 움켜쥘 수도 발목을 움직일 수도 없다. 위를 향해 누워 천장에 매달린 죽음의 샹들리에에 배를 훤히 드러내고, 메스가 다가오길 기다릴 뿐이다. 이 수술실의 특징은 흔들린다는 것이다. 침대가 덜컹덜컹 위아래로 움직여서, 자르고 싶은 부위에 좀처럼 메스를 댈 수 없다. 자르고 싶은 부위는 심장 근육이다. 심장 근육을 솜씨 좋게 도려내서 부드러운 살점으로 만들 작정인 듯하다. 그러나 흔들려서 마음먹은 곳에 맞히지 못한 칼끝이 폐를 찌르고 위를 찔러 피가 배어나오고, 메스의 칼날은 탁한 붉은색으로 얼룩져 광채를 잃어간다. 이제 그만해요, 포기할 테니까, 이 이상 마구잡이로 난도질할 바엔 차라리 그냥 덮고 꿰매주세요. 입을 움직일 수 없는 당신은 이마에 잔뜩 기를 모아 의사에

게 텔레파시로 말을 전하려 했다.

"위험해요."

당신은 그 소리에 눈을 번쩍 떴다. 만난 적 있는 여성이 앞에 서 있다. 이미 십 년 넘게 못 만난 옛친구…… 아니, 아니었다. 조금 전 일이다. 그후로 시간이 얼마나 흘렀는지는 모르지만, 객실로 들어왔다가 맥주를 마시고 오겠다며 나갔던 여자다.

"침대에서 떨어질 것 같아서요."

그녀가 말했다.

"그랬군요. 깜박 잠이 들어버렸네요."

"왠지 어디서 바람이 들어오는 것 같네요. 창은 안 열릴 텐데."

여자가 밤을 가리고 있는 뻣뻣한 커튼을 손가락으로 젖히고 창이 제대로 닫혔는지 확인했다. 당신은 처음으로 그녀의 얼굴을 찬찬히 살펴보았다. 아직 삼십대인 듯하지만, 이따금 얼굴을 확 찡그리면 몇 사람의 얼굴이 한꺼번에 겹쳐 보인다. 여러 얼굴이 서로 경쟁하며 공존하고 있다. 생기 넘치지만, 힘에 겨워 버거워하는 것 같기도 하다. 이 여자는 분명 불면증이리라. 그런 생각이 들자, 당신은 점점 더 숨이 막혔다. 늘 깨어 있어야 한다는 것은 얼마나 괴로운 일일까. 수면은 인생의 3분의 1, 가장 아름다운 3분의 1이라고 당신은 생각한다.

여자의 이름은 미미였다. 미미는 여배우라고 한다. 지금은 삼 주간 휴가라 연습이 없단다. 하지만 편히 쉬는 것처럼 보이지는 않는다. 온갖 고통이 가느다란 신경을 타고 사방에서 흘러들어 안면을 어렴풋이 마비시키고 또다시 흘러간다. 여배우 얼굴이라 그럴 테지 하며 당신은 묘하게 납득했다. 오필리아, 엘렉트라, 노라, 이리나*가 하나의 얼굴로 옮겨왔고, 마지막 공연의 막이 내린 후에도 여전히 그 흔적이 남아 있는 것이다. 가엾게도. 겹겹이 쌓인 얼굴을 떨쳐내는 의식은 없는 걸까.

당신이 댄서라는 말을 들은 미미는, 그럼 거의 같은 업계 사람이네요, 라며 손이라도 부여잡을 듯이 감격했다. 그리고 자기가 맨 처음 오디션을 봤을 때 이야기를 하기 시작했다. 과제로 제시된 대사를 읊고, 건네받은 텍스트를 낭독하고, 노래를 부르고, 주문받은 몸짓 연기를 하고, 세계문학에 대해 간단한 구두시험을 치르고, 걷는 모습과 돌아보는 모습을 보여주고, 우는 연기를 했다. 그리고 사람들로 꽉 찬 대기실에서 이십 분쯤 기다리자, 머리를 붉게 물들인 남자가 들어오더니 내일부터 당장 연습에 나오라고 했다. 미미는 뛸 듯이 기뻐하며 집으로 돌아갔고, 떠오르는 대로 많은 친구들에게 전화를 걸어 밤에 집으로 불러서 샴페인으로 축배를 들고는 다음날 극장에 갔는데 분위기가 영 이상했다. 연습장에 갔는데 아무도 말을 걸지 않는다. 자기에게 눈길조차 주지 않았다. 벤치에 앉아 준비 체조를 하는 배우들을 바라보고 있으니, 문이 열리고 미미와 얼굴과 몸매가 비슷한 또래 여자가 들어왔다. 수염을 기르고 배가 불룩 나온 극단원이 그녀에게 다가가더니, 당신이 딸 역할을 맡은 신입단원이군, 하고 말을 건네는 소리가 들렸다. 미미는 아하, 저 사람도 어제 채용됐구나, 그럼 나도 구석에 앉아 있지만 말고 인사해야지, 라고 생각하고, 그 배우에게 다가가서 자

---

* 오필리아는 『햄릿』의 여주인공, 엘렉트라는 '오레스테이아 3부작'에 등장하는 공주, 노라는 『인형의 집』의 주인공, 이리나는 『세 자매』의 등장인물이다. 넷 모두 유명한 희곡에 등장하는 주요 여성 인물.

기도 신입이라고 말을 걸었는데, 어, 자네는 누구야? 라며 배우가 얼굴을 찡그렸다. 자신도 어제 채용되었다고 말하자, 키가 큰 여배우가 다가와서, 뭔가 잘못 알았겠지, 채용된 건 한 사람뿐이야, 하고 말했다. 또 한 사람의 미미가 미미를 향해 빙그레 미소를 지었다. 뽑힌 사람은 난데 내 역할을 이 여자가 빼앗아갔다는 생각이 든 순간 머리로 피가 솟구쳐서, 이 사람은 가짜예요, 라고 미미는 목청껏 소리쳤다. 그러자 근육 이완운동이나 발성 연습을 하고 있던 다른 배우들이 하던 일을 멈추고 모여들었다. 나예요, 뽑힌 사람은 나란 말이에요, 라고 미미는 말했다. 소리칠 생각은 없었지만, 목소리가 멋대로 튀어나온다. 증거가 있나요, 라고 다른 신인이 차갑게 날선 목소리로 물었다. 증거가 무슨 소용이야, 어제 직접 그 말을 들었는데, 라고 미미가 받아쳤다. 누구한테 들었지? 질문을 받은 미미는 모여 있는 배우들의 얼굴을 둘러보았지만, 어제 그 얼굴은 없었다. 말을 전해준 사람은 지금 이 자리에는 없다고 미미는 말했다. 여기 없는 사람이라면 극단 사람이 아니야, 우리 극단 사람은 여기 있는 게 다니까, 라는 차가운 대답이 들려왔다.

미미는 어제 축하해준 친구들의 얼굴을 하나하나 떠올렸다. 개중에는 부러운 듯이, 샘이 나는 듯이, 그뿐만 아니라 분하다는 듯이 미미를 바라보며 술잔을 내밀고 건배한 친구도 적지 않았다. 친구이긴 해도 경쟁자다. 채용은 오해였다는 말을 들으면, 그녀들은 배를 잡고 나뒹굴게 틀림없다. 미미의 안에서 균형이 무너졌다. 당신들, 한통속으로 날속인 거지! 정신을 차려보니, 큰 소리로 그렇게 외치고 있었다. 단원들은 미미를 위로하려고 등이나 어깨에 손을 얹었지만, 미미가 난폭하게 떨쳐버리자, 여배우 둘이 미미의 겨드랑이에 손을 넣어 들어올리더니 연습장 밖으로 끌어냈고, 건물 밖으로 데려가서 극장 밖 광장에 내동댕이쳤다. 미미는 두 사람의 등을 향해 원망을 퍼부으며 울부짖었다.

당신은 미미의 얼굴을 바라보며, 미인이지만 사방팔방에서 불행을 끌어들이고 마는 자석 같은 얼굴이라고 생각했다. 바라보고 있으면 불행의 소용돌이에 휘말려 이쪽 마음의 조율까지 어긋나버린다.

이야기 사이사이에 짧은 침묵이 있었고 그 침묵은 짧았지만, 마취에 걸려 잠든 시간처럼 긴 시간이 죽은 듯이 압축되어 있는지도 모른다. 어느새 깜박 잠이 들어버려서 화들짝 놀라며 눈을 뜬다. 그사이에 일어난 일은 전혀 의식에 남아 있지 않다.

정신을 차려보니 미미가 초콜릿 포장지를 건네고 있었다.

"설마 독이 든 건 아니겠죠?"

당신이 농담 삼아 확인하자, 그녀가 말했다.

"난 독살당할 뻔한 적도 있어요."

그것은 〈나이프와 차바퀴〉라는 현대극에서 주연을 맡았을 때였다고 한다.

"내가 주연을 맡을 수 있었던 건 어느 여배우가 병에 걸린 덕이었는데, 대역이긴 해도 애초에 내가 연기하는 게 훨씬 잘 맞는다고 연출가도 말해줬어요."

그렇게 말하고 살짝 거북한 듯이 미소를 지었다.

여주인공은 3막에서 독을 마시고 자살한다. 미미가 무대에서 마시는 악마의 오줌은 사실은 파인주스였고, 연출보조가 리허설 날에 슈퍼에서 열 개를 사다 대기실 냉장고에 넣어두었다. 미미는 그것을 투명한 물병에 담아 3막에 들고 나갔다. 그날, 몇 시간 전부터 이미 물병에 담겨 대기실에 있던 주스의 색깔이 몹시 밝은 것 같은 기분이 들었다. 이상해서 손가락으로 살짝 찍어 맛을 보니 끔찍한 맛이 났다. 이게 무슨 맛이지. 냉장고를 열어보니 그날 몫의 주스 병이 줄지 않고 그대로 있다. 그럼, 이 안에 든 건 주스가 아닌가? 연출보조의 얼굴이 떠올랐다. 아직 학생이고, 여드름 자국이 남아 있는, 부은 듯한 얼굴을 가진 남자다. 말이 없고 남의 얼굴을 원망하는 듯한 눈빛으로 힐끔힐끔 쳐다보는 버릇이 있다. 의상을 갈아입고 있으면, 마치 우연인 양 그 방으로 불쑥 들어온 적도 종종 있다. 미미의 알몸을 보고 사과의 말도 없이 다시 나간다. 마치 자기는 여자의 나체 따위 관심 없다는 듯한 태도다. 극장 식당에서 점심을 먹고 있으면 대각선 앞쪽 탁자에서 물끄러미 이쪽을 바라보거나 해서, 자기를 좋아하나 싶은 마음에 부드러운 눈길을 보내면 밉살스러운 눈초리로 노려본다. 말을 걸어도 대답은 거의 들을 수 없다. 그 녀석이 내게 독을 먹이려 했을지도 모른다고 미미는 생각했다. 설령 죽일 마음은 아니라 해도 3막 도중에 심하게 배탈이 나게 할 속셈인지도 모른다. 아니면 자기가 싼 오줌을 마시게 하려는 건지도 모른다. 오줌에서 암모니아를 추출해내 약품을 만드는 기술에 관한 얘기를 술에 취한 누군가가 초연을 마친 뒤풀이 자리에서 떠들지 않았던가. 미미는 부랴부랴 물병 속의 액체를 대기실에 있는 커다란 관엽식물에 쏟고, 냉장고에서 새 파인주스 병을 꺼내 물병에 담았다. 그리고 황급히 무대로 나가 무사히 자살 장면을 연기했다.

연출보조는 이튿날부터 갑자기 나오지 않았다. 난데없이 사라지다니 형편없는 녀석이라며 연출가가 화를 냈다. 관엽식물은 잎이 점점 붉어지며 말라갔다. 그 관엽식물을 유독 아끼던 여자 분장사는 누가 취해서 위스키라도 부은 게 틀림없다며 화를 냈다.

미미의 얘기를 듣고 있자니 의식이 차츰 멀어진다. 당신은 비에 젖은 겉옷이라도 걸치고 있는 기분이었다. 눈에 보이지 않는 겉옷은 벗고 싶어도 벗을 수 없다. 자기 피부는 벗을 수 없다.

"피곤해서 누울 건데, 혹시 괜찮으면 얘기를 계속해주세요."

당신이 말했다. 미미의 얘기를 좀더 듣고 싶은 건지, 말하고 싶어하는 미미를 실망시키고 싶지 않은 건지, 스스로도 왜 그런 말을 했는지 이해할 수 없었다. 침대차의 침대에 드러누우면 기묘한 관槟에 옆으로 쏙 들어가며 눕는 기분이 든다. 상자를 연상시키는 곳에 들어가는 것은 무섭다. 그래도 나오고 싶으면 언제든 옆으로 나올 수 있다. 위에서 못이 박힐 걱정은 없다. 그러니 무서워할 필요는 없다고 스스로를 타이른다.

미미는 당신이 누워 있든 앉아 있든 신경쓰지 않는 것 같았다. 눈이 새파란 연출가를 알게 된 적이 있는데, 라며 이야기를 시작했다. 너무 파래서 빨려들 것 같았는데, 그 사람은 실은 눈이 보이지 않는다는 것을 잠시 후에 알았다. 어느 고장 극장의 창립 몇 주년째인가의 기념 파티에 늦게 도착한 미미가 울어서 부은 눈을 선글라스로 가리고 회장 한구석에 서 있었더니, 그 남자가 다가와서 뭘 좀 마시겠어요? 하고 물었다. 낮고 낭랑한 목소리에 넋을 잃은 미미가, 그럼, 레드와인으로 할게요, 라고 대답하자, 남자는 옆에 서 있던 젊은 남자에게 눈짓을 했다. 조수인지 수습생인지 모르겠지만, 그 젊은 남자가 레드와인이 담긴 잔을 들고 와서 미미에게 건네주었다. 미미가 건배하려고 잔을 들어울렸지만, 남자는 손을 움직이지 않았다. 왜 잔을 부딪치는 걸 거부할까, 화가 났나 싶어 미미가 머뭇머뭇 상대의 눈을 살펴보았다. 그 순간 미미는 남자의 눈이 안 보인다는 걸 눈치챘다. 오늘은 슬픈 일이 있었나보군요, 목소리가 약간 갈라졌어요, 라고 남자가 말했다. 애인에게 다른 여자가 있는 걸 알았겠죠, 헤어지세요, 라고. 정답이었다. 점쟁이 같은 사람이라고 생각했다. 그후 미미와 남자는 같은 호텔에 묵고 있다는 것을 알게 됐고, 함께 회장을 떠났다. 조수가 따라붙어서 미미는 속으로 성가시게 여겼다. 복도로 나가자 조수가 남자의 팔꿈치를 가볍게 잡고 걸었다.

호텔 프런트에서 열쇠를 건네받은 남자가 미미에게 자기 방에서 잠깐 뭐라도 마시지 않겠느냐고 물었다. 조수인 젊은 남자는 그와 함께 더블룸에서 묵고 있었다. 그는 신경쓰지 마세요, 그는 말을 못해요, 그 대신 저는 눈이 안 보이죠, 우리 둘은 같이 살아가고 있어요, 한 사람이라 여겨주세요, 물론 한 사람보다 많이 먹고 일하는 양도 많지만, 이라며 웃었다. 우리 두 사람을 한 사람의 연인이라 여기고 사랑해주세요. 남자가 그렇게 말하자, 젊은 남자가 불을 껐다.

그후, 이 연애담이 어떻게 되었는지는 모른다. 당신은 미미의 이야기를 들으며 잠이 들어버렸다. 미미의 눈이 점점 커져서 휘둥그레지고, 입이 새빨간 동굴 입구로 변하고, 콧구멍도 위를 향해 열리고, 신경이 끊어져버릴 것처럼 얼굴의 각 부위가 퍼져나가는 모습을 본 것 같기도 하지만, 당신 자신은 그와는 반대 방향으로 나아갔다. 잠 속으로, 모로 누운 부동자세로 갇혀서 어둡게, 말도 없고 나 자신도 없이, 점점 작아지며, 은은하고 고요하게 밤 속으로.

함부르크로

린츠는 히틀러가 한때 독일 제국의 수도로 삼으려고 생각한 고장이다. 지금은 오스트리아의 소도시 중 하나에 불과하지만, 그런 얘기를 듣고 도시의 주변 경관을 빙 둘러보니 역시나 잠든 사이 기와가 입술 위에 올라앉은 것처럼 묵직한 기분이 들었다.

좁은 이마에 우울해 보이는 주름을 새기고, 충혈된 탁한 눈으로 원망스러운 듯이 이쪽을 노려보는 남자 같은 도시. 골격은 탄탄하지만, 키에 비해 어깨 폭이 너무 넓어 팔근육이 묵직하게 매달려 있다. 아니, 이건 좀 지나친가. 당신은 린츠를 그렇게 싫어하지는 않는다. 눈을 반짝이며 현대음악에 귀를 기울이고, 빨려들듯이 당신의 춤을 바라보는 사람들이 이 고장에 많이 살고 있다는 것을 알고 있다. 그러나 지금부터 야간열차가 도착하는 시간까지 이 도시에서 시간을 보내야 한다고 생각하니, 정체 모를 무언가에 삼켜지는 건 아닐까 불안해진다.

빈에서 출발한 야간열차는 열시 반이 넘어야 이곳에 도착하고, 당신은 그때까지 이곳에서 시간을 죽여야 한다. 시간을 죽인다는 말은 얼마나 끔찍한 표현인가. 마치 시간이 파리라도 되는 것 같다. 시간파리라는 종류의 파리가 있다. 타임 플라이스 라이크 언 애로Time flies like an arrow. 시간은 화살처럼 날아간다. 쏜살같이. 이 문장을 컴퓨터 번역기에 돌리면, '시간파리들은 화살을 좋아한다'는 번역문이 나온다는 얘기를 어제 막 읽은 참이었다. 그러나 야간열차를 기다리는 동안에는 시간이 절대 화살처럼 흘러가지 않는다. 파리처럼 날아가버리지도 않는다. 정말이지 완전히 반대로, 달팽이 같다. 달팽이가 지나간 자리에는 번들거리는 한 줄기 선이 남는다. 그것을 만져보면 끈적끈적할까? 선로처럼 배후에 궤적을 남긴다. 달팽이는 전철의 일종일까. 머리에 안테나 두 개가 뻗어 있어 멀리 있는 누군가와 통신하는 것처럼 보이기도 한다.

린츠에서 시간을 때우려면 어떻게 해야 할까. 일단 식물원에라도 가볼까. 지난주에 댄스 워크숍에 왔던 참가자 중 한 사람이 했던 말이 떠올랐다. "제가 가장 좋아하는 장소는 식물원이에요. 춤추고 싶어하는 사람이 식물처럼 움직임 없는 것에 끌리는 게 이상할진 모르지만, 전 늘 뭔가를 생각할 때면 식물원을 찾아요." 당신은 식물 같은 데 흥미를 가져본 적이 없지만, 그 말을 듣고 나니 왠지 식물원에 가보고 싶어졌다. 벌써 몇 년이나 식물원에 가본 적이 없다. 그래, 일리 있는 말이야, 움직임 없는 것이라. 댄서에게는 정지된 시간이 중요할지 모른다. 아니, 정지라는 건 이쪽의 오해다. 꽃도 움직인다. 태양이 있는 방향으로 고개를 돌리거나 싹을 틔워 성장하거나 메말라가면서. 다만, 그 움직임이 이루 말할 수 없이 늦을 뿐. 식물의 움직임에 비한다면 달팽이는 특급열차 급이 아닐까. 느린 동작은 체력을 많이 소모해서 쉽게 지친다. 해바라기처럼 한 시간 동안 고개를 오른쪽에서 왼쪽으로 움직이라고 한다면 큰일이다. 해바라기는 어떻게 그렇게 움직이고도 피곤하지 않을까. 그런 생각을 하다보니 왠지 무작정 식물원으로 달려가고 싶어졌다.

린츠의 식물원에는 눈부신 햇살이 쏟아져내리고, 철쭉의 꿀은 지면으로 흘러내릴 것 같았다. 얇고 하늘하늘한 레이스 같은 꽃잎은 어쩐지 속옷 같아서 살짝 음란한 느낌도 감돈다. 꽃 속을 들여다보는 벌은 능란하게 날갯짓을 하며 공중의 한 위치에 그대로 머물러 있다. 꿀이 있나 없나 정찰하는 거겠지. 당신은 아무리 높이 뛰어올라도 금세 지면으로 떨어져버린다. 댄서란 그 정도 존재다. 벌이 엉덩이를 흔들며 춤추는 모습을 영화에서 본 적이 있다. 벌이 춤을 추는 이유는 꿀이 있는 장소를 동료에게 알려주기 위해서라는 말을 들었다. 수술과 암술. 꽃 한 송이 안에는 암술인 여자와 수술인 남자, 양쪽 다 살고 있다. 그렇다, 식물에게는 양성구유가 보통인 것이다. 당신은 문득 자기 마음속에도 여자와 남자가 다 살고 있을지 모른다는 생각이 들었다.

모란은 홀연히 피었다가 꽃 무게를 감당하지 못해 홀연히 떨어져버릴 것 같다.

수국은 아무리 햇살이 내리쬐어도 비 내리는 날의 기억을 살갗에 머금고 촉촉이 피어 있다.

길은 화단 사이를 뚫고 구불구불 이어진다. 식물원은 작은 산기슭에 만들어져 있다. 화단 사이를 누비며 달리는 끝없는 오솔길이 어느새 나무숲 속으로 이어진다. 당신은 에취 하고 재채기를 했다. 어느새 오솔길 양옆으로 떡갈나무가 서 있었다. 당신은 떡갈나무라면 질색한다. 소위 알레르기가 있어 가까이 가면 재채기가 멈추지 않기 때문이다. 황급히 발길을 돌린다. 떡갈나무가 드리우는 그림자는 축축하고 어둡다. 공기 중에 눈에는 보이지 않는 날카로운 입자가 떠다녀서 그것이 콧속 점막을 찌른다. 숨을 멈추고, 겁에 질려 정신없이 달아난다. 맞다, 식물 알레르기가 있으면서 식물원에 오다니, 바보 같은 얘기다. 왜 동물원에 가지 않았을까. 당신은 동물원이 훨씬 즐겁다고 생각한다.

온실이 보였다. 이 더위에 싫은 마음은 들지만, 살갗이 끈적거리는 열대의 공기도 나쁘지 않을 것 같다. 코가 그걸 원한다. 점막을 찌르는 떡갈나무의 굶주린 적의에서 달아나고 싶다.

온실로 들어선 순간, 온몸에 꿀을 들쓴 것 같았다. 팔에 닿자 끈적끈적하다. 숨을 들이마시자 콧속 점막도 축축해져서 편안했다. 그래, 이대로 내 몸이 녹아드는 대로 두고 녹아들면 되는 거야, 하고 생각했다.

온갖 종류의 선인장이 있다. 참마처럼 생긴 선인장, 표면에 붙은 붉은 꽃이 여드름처럼 보이는 선인장, 하얀 털 같은 섬세한 가시를 가진 선인장, 밋밋하고 둥그런 선인장. 구석에 형태가 비슷한 선인장 한 쌍이 서 있고, 그 옆에 설명이 있었다. 하나는 산형과 식물, 다른 하나는 구과 식물로 양자 사이에 친척 관계는 전혀 없지만, 물이 없는 사막에서 살아남아야 하는 공통된 생활환경 조건으로 인해 오늘날에는 아주 유사한 형태를 갖게 됐다는 내용이었다. 그렇구나, 유럽 사람과 아시아 사람이라도 예를 들어 똑같은 북극이라는 환경에서 몇 대에 걸쳐 살아남아야 한다면 얼굴이 비슷해지는 걸까.

 아직 저녁에 발도 들여놓지 않았다. 오후 후반이다. 시간을 때우는 게 상당히 힘든 작업이라는 사실을 깨달았다. 그래, 미술관에 가자. "그 전람회는 봐두는 게 좋을 거야"라는 목소리가 아직 귓가 어딘가에 남아 있으니까. "이번 기회를 놓치면, 그런 전람회는 좀처럼 보기 힘들어. 최근에는 미술도 메인스트리트뿐이니까." 누구의 목소리더라. 역시 워크숍에 왔던 사람이다. 이미 이름도 잊어버렸다. 얼굴도 떠오르지 않는다. 조심스럽게 바닥을 스치는 발끝 형태만이 기억 어딘가에 남아 있는 마지막 파편. 그렇다, 그런 발끝을 가진 사람이 이 현대 오스트리아 화가 얘기를 들려주었다. 그 화가는 산속에서 혼자 산다고 한다. 은둔자라. 나이는 아직 오십 전.

 미술관 건물은 훌륭했다. 매표소에서는 파란 윗옷을 입은 여성이 무료한 듯 전화로 수다를 떨고 있다. 당신을 보고 깜짝 놀랐는지, 수화기를 귀에 댄 채 책상으로 의자를 끌어당기고 서랍에서 표를 꺼내주었다. 전시실로 들어가자 안에는 아무도 없었다. 순찰하는 여성이 기쁜 듯이 미소를 지으며, 묻지도 않았는데 계단은 저쪽이라고 가르쳐준다. 이렇게 큰 건물에서 나 홀로 그림을 감상하는 여유로움. 밖에는 눈부신 햇살이 쏟아지니, 이런 날에 미술관에 들어오는 사람이 이상할지도 모른다. 그러나 밤이 오길 간절히 기다리는 당신에게는 밝은 태양 따윈 그저 우울할 뿐이다. 저토록 밝으면 밤은 아직 멀다. 그러나 현대 회화로 장식한 미술관에는 낮에도 밤이 있다. 그래서 홀로 찾는다. 아아, 그건 그렇고 이 얼마나 희한한 그림인가, 마치 초점이 어긋난 흑백 사진 같고, 늦은 밤에 열차 창가에서 플래시 없이 찍은 역 사진 같기도 하다. 그래, 어쩌면 열차가 역으로 들어설 때 찍었을지도 모른다. 그래서 흔들리고 흐릿해져 뭐가 찍혔는지 알 수 없는 으스스한 사진. 그런 사진을 흉내내서 먹 같은 것으로 그렸다. 크기는 밤기차 창과 같다. 이제 곧 야간열차를 타야 해서 모든 그림을 야간열차와 연결짓게 되는 걸까. 아니면 다른 사람의 눈에도 그렇게 보이는 걸까. 물어보고 싶지만 주위에는 한 사람도 없다. 나는 오직 혼자 언제까지고 이 훌륭한 건물 내부를 독차지할 수 있는 것이다. 그러나 그 때문에 감상을 함께 나눌 동료는 없다. 실례합니다, 하는 목소리가 갑자기 뒤에서 들려와 깜짝 놀라 돌아보니 순찰하는 여성이었다. 죄송합니다만, 오 분 후에 문을 닫습니다, 라고 진심으로 미안해하며 말했다. "다음주에는 어둠을 테마로 한 새 전시가 있으니 꼭 다시 와주세요"라고 덧붙였다. "실은 이제 곧 야간열차를 타고 집으로 돌아가요"라고 당신은 말했다. 남에게 그런 말을 할 필요는 없을지 모르지만, 상대가 진심으로 얘기하는 것 같았고, 만약 이 사람이 다음주에 매일같이 내가 오기를 남몰래 기다리고, 그러다 내가 오지 않아 실망하면 어쩌나 생각하니 안타까운 마음에 무심코 말하고 만 것이다. "어머, 오늘 야간열차로 이곳을 떠나시나요. 아쉽네요. 그럼 다음주에 또 야간열차를 타고 오세요"라며 그 사람이 미소를 머금었다. 당신이 오지 않으면 이 미술관은 고독해진다. 환자를 문병하듯 이따금 찾아줘야 할지도 모른다. 도시와 도시 사이를 밤으로 넘나들며.

미술관에서 나오자 당신은 갈 곳이 없다. 도서관도 식물원도 동물원도 다 닫았으니 술집에 갈 수밖에 없을까. 당신은 술집에 가고픈 마음은 없었다. 사람이 너무 많고 목소리가 너무 크고, 그런 시끌벅적한 곳에는 가고 싶지 않다. 어딘지 모르게 빛깔이 으스스한 날. 도나우 강변을 따라 산책이라도 할까. 강변길도 불쾌할지 모른다. 작년에 왔을 때, 바짝 깎은 머리에 하켄크로이츠* 문신을 한 무리가 저 다리 밑에 떼지어 있지 않았던가. 가고 싶지 않다. 그럼 연극이라도 볼까 싶어 광고탑을 찾아 거기 붙은 포스터를 살펴봤지만, 공교롭게도 오늘은 아무것도 하지 않는다. 아 그래, 영화관에 가자, 하는 생각이 떠올랐을 때는 기뻤다.

영화관에 들어가니 안이 휑하니 비어 있었다. 옛날 흑백영화를 고른 탓일지도 모른다. 큰 홀은 아니지만 검은 머리가 다섯 쌍 정도 보일 뿐이다. 살짝 졸렸지만 아름다운 흑백 영상이 눈을 편안히 감싸주었다. 우연하게도 열차 이야기로, 같은 객실에 마주앉은 초로의 숙녀와 젊은 여성이 친해져 식당차에서 같이 차를 마시기도 했는데, 초로의 여성이 도중에 모습을 감춰버린다. 걱정이 된 젊은 여성은 차량의 맨 앞부터 뒤까지 찾으며 돌아다니지만 끝내 찾을 수 없다. 게다가 이상하게도 같은 객실의 다른 사람들도 식당차의 보이도 그런 여성은 처음부터 없었다고 주장한다. 곤혹스러워진 젊은 여성은 승무원이나 다른 승객에게 필사적으로 자기 말을 믿게 하려고 애쓰지만, 모두 이상한 눈빛으로 쳐다볼 뿐, 심지어 같이 탄 정신과 의사에게는 노이로제라는 말까지 듣고 만다. 그러나 딱 한 사람, 이 젊은 여성의 말을 믿는 젊은 남자가 있어 두 사람은 함께 수수께끼 규명에 나선다. 거기까지 보고 당신은 잠들어버렸다. 그다음 내용을 꼭 알고 싶었지만, 지난밤에 잠을 못

---

* 나치의 상징으로 쓴 갈고리 십자형의 휘장.

108

잔 탓에 서늘하고 조용한 극장의 공기에 감싸여 꿈 같은 흑백 영상이 흘러가는 와중에 어느새 잠들고 말았다.

영화가 끝나자 노면전차를 타고 역으로 가기에 딱 좋은 시간이 되었다. 플랫폼은 어둡고, 역무원의 모습도 보이지 않고, 행선지 표시판만 고독하게 '함부르크·알토나행'이라는 표시를 밝히고 있었다.

미끄러지듯 들어온 기차 바퀴까지 잠들어 있다. 대부분의 승객은 빈에서 타서 이미 깊이 잠들었겠지. 야행성인 승객들은 식당차에서 술잔을 기울이고 있을까. 식당차 창가에 달린 노란 갓 전등 불빛만 깨어 있다. 나머지 창은 모두 어둡다. 소리도 없이 내려온 승무원이 당신의 트렁크를 실어주고 기차표를 확인해 객실로 안내해주었다. 4인실이었고, 나머지 세 침대는 이미 구릉처럼 이불이 봉긋이 솟아 있었다. 당신은 오른편 위쪽 침대였다. 살며시 사다리에 발을 얹고 위로 올라간다. 그 순간 당신은 정신이 아득해질 정도로 짙은 꽃향기를 들이마셨고, 어쩔 어쩔해져서 하마터면 사다리에서 발을 헛디딜 뻔했다. 지금 뭐였지. 침대 위에 엎드려 옆 침대를 뚫어져라 바라보았다. 베개 위에 있는 것은 사람의 머리가 아니다. 철쭉꽃이 아닌가. 그럴 리 없다는 생각에 건너편 아래쪽 침대로 시선을 돌렸다. 어두워서 잘 보이지는 않았다. 그러나 그것이 평범한 인간의 머리가 아닌 것만은 확실하다. 저건 모란꽃이 아닌가. 기겁하며 도움을 요청하듯 침대 테두리를 움켜잡고 바로 아래 침대를 들여다본다. 그러자 거기에는 수국 꽃이 누워 있다. 말도 안 돼. 승무원에게 말해서 내 눈에 무슨 문제가 있는지 확인하자. 아니지, 노이로제라면서 이상한 수면제를 먹이면 곤란하다. 그럴 바엔 나만의 비밀로 덮어두는 편이 좋을지도 모른다. 조금 전 영화, 자지 말고

마지막까지 봐둘 걸 그랬다. 그랬으면 이런 난제가 어떻게 풀리는지
알았을지도 모르는데.

열한번째 바퀴

암스테르담으로

청소년 가출도 아니고 이게 뭐람, 당신은 쓸쓸히 미소를 짓는다. 이틀 일찍 암스테르담으로 가버리기로 했다. 화가 나서 몸 여기저기에 불이 붙은 것 같았다. 원래는 앞으로 이틀간 베를린에서 연습에 참가한 후, 암스테르담에 일주일간 갔다가 베를린으로 다시 돌아와 본무대까지 사 주간 바짝 마무리할 예정이었다. 고작 이틀만 더 참으면 될 일인데, 당신은 스스로도 어이가 없었다. 평소에는 예정을 바꾸는 걸 제일 싫어하는데, 갑자기 예정을 변경하고 연습장에서 뛰쳐나와 여행가방 지퍼도 제대로 못 잠그고 잰걸음으로 역으로 향했다. 역에서는 창구로 직행해서, 오늘밤 야간열차 침대권이 아직 남아 있는지 숨을 몰아쉬며 물었다. 인내라는 것은 틀림없이 끈 형태일 것이다. 그 끈이 끊어질 지경이었다.

그 안무가와 계속 얼굴을 마주했다간, 주먹을 휘두르거나 반해버리거나 둘 중 하나다. 본인은, 안무가가 아니라 연출가로 불러달라고 늘 말한다. 팔 년 전에 연극 연출을 했던 얘기를 수없이 들어야 했다. 본인은 그것이 매우 자랑스러운 듯했지만, 당신은 도무지 이해할 수 없다. 연극이 춤보다 급이 높다는 말일까. 춤에는 말이 없어서 불만인 걸까.

당신은 언젠가 무용가로 홀로 서게 되면, 안무가 같은 종족과는 말도 섞지 않을 작정이었다. 그러나 그때 당신은 아직 연출가의 지시에 따라 춤을 춰야 하는 나이였다.

베를린 안무가의 성은 '대장장이'란 뜻이다. 쇠는 뜨거울 때 두드려야 한다는 생각이라도 하는 건지, 젊고 유연한 무용수를 데려다 자기가 생각하는 동작을 주입한다. 그러면 대장장이의 생각이 무용수의 근육 속에 스며들고 뼛속까지 새겨져서, 나중에는 떼어낼 수 없게 되어버린다. 이 사람 밑에서 일하면 다른 데는 못 가게 된다고 말하는 사람이 있을 정도다. 왜 그렇게까지 비트는 동작에 집착하는지 이해할 수 없다. 똑바로 서 있는 장면은 전혀 없다. 어느 쪽 어깨든 어김없이 비스듬히 앞으로 나오거나 혹은 비스듬히 뒤로 빠진다. 게다가 한술 더 떠서 손바닥을 밖으로 돌려 뒤쪽으로 향하게 할 때가 많다. 목은 어깨를 따라 또는 어깨와 반대로 역시나 어느 쪽으로든 비튼다.

몸을 비틀고 선 인간은 불안정하다. 그러나 그것뿐이라면 당신은 딱히 싫어하지 않았을 것이다. 비틀린 자세로 서는 건 싫지 않다. 문제는 그다음이다. 대장장이는 그렇게 불안정한 부동자세를 유지하는 당신을 마치 미술관에서 그리스 조각이라도 감상하는 구경꾼 같은 시선으로 구석구석 훑는다. 그러다 갑자기 복사뼈를 걷어차며 발의 위치를 고치기도 한다. 당신은 남이 몸을 보거나 자세를 고쳐주는 것에는 지나치다 싶을 만큼 익숙하다. 그러나 신체 부위 중에는 난폭하게 만지면 몹시 화가 나는 곳이 있기 마련이다. 예를 들면 복사뼈 안쪽. 대장장이는 다리를 벌리고 서 있는 당신의 가랑이 사이로 자기 발을 들이밀고 복사뼈 안쪽을 걷어차며 발 간격을 더 벌리려 한다. 당신은 불길이 치솟듯이 화가 나서 "차지 마!"라고 소리치기 일보 직전이다. 스스로 자기 마음에 찬물을 끼얹으며 안정시키려 애쓰지만, 찬물 따위 촤악 다 튀어버린다.

대장장이는 굳이 나누자면 말수가 적은 편인데, 본인은 그게 편한지 모든 걸 몸짓으로 끝내버리려는 경향이 있다. 단지 그뿐이라고 당신은 이해하려 애쓴다. 그런데도 화가 난다. 딱히 많이 아픈 것도 아니다. 일하는 중에는 착지에 실패해 다리를 삐는 등 훨씬 더 아픈 일을 겪는 게 다반사다. 그런데도 화가 난다. 당신은 무심코 대장장이를 홱 밀쳐버릴 것 같아 허둥지둥 꿈틀거리는 자기 손을 움켜쥐었다. 그다음은 턱. 턱 방향을 바꾸는 건 상관없지만, 턱을 잡고 위로 휙 들어올린 후, 격려하듯 뺨을 찰싹찰싹 두 번 때린다. 물론 아프지는 않다. 하지만 뺨이 확 달아올라, 당신은 하마터면 눈앞에 있는 대장장이의 코에 침을 뱉을 뻔했다.

플랫폼으로 막 들어와 멈춰 선 야간열차의 차체를 바라보며 그때 일을 떠올린 당신은 자기 손으로 양쪽 뺨을 찰싹찰싹 몇 번쯤 때려보았다. 분노 같은 반응이 몸속에서 확 뿜어져 나온다. 마치 타인의 감정처럼. 그렇다, 살 속에는 자신의 분별과는 관계없이 멋대로 작동하는 감정이 깃들어 있는 모양이다. 당신은 호기심에 이끌려 다시 한번, 이번에는 세게 자기 뺨에 따귀를 날렸다. 증오가 쓰디쓴 즙처럼 배어나온다. 신기하다. 기분 나쁜 일은 하나도 없는데 이런 감정이 배어나오다니. 몸속에서 분노가 발생되는 부위를 손으로 더듬어낼 수 있을 것 같은 기분마저 든다. 눈을 감고 다시 한번 뺨을 때려본다. 좀더 세게. 다시 한번, 더 세게. 문득 인기척을 느끼고 돌아보니, 비스듬한 뒤편에 여승무원이 혼자 서서 이상하다는 듯이 당신 쪽을 바라보고 있었다. 스스로 자기 뺨을 때리는 모습을 들키고 말았다.

열차 승객이 될 때의 당신은 무대 위에 설 때의 당신이 아니라, 남의 시선을 끌고 싶지 않다. 가능한 한 눈에 띄지 않는 게 최고다. 눈에 띄었다는 이유만으로 체포된 사람도 있다지 않은가.

“이 열차에 타실 건가요.”

그 질문을 받고 퍼뜩 정신을 차렸다. 조금 전의 승무원이 눈앞에 서 있다.

“네.”

“침대 예약권을 보여주세요.”

당신은 여행가방 안에서 표를 꺼내 보여주었다.

“6호실, 위쪽 오른편 침대군요. 나중에 차표를 맡으러 찾아뵙겠습니다.”

사무적으로 그렇게 말한 승무원은 뒤이어 다가오는 노부부 쪽으로 시선을 돌렸다.

객실로 들어간 당신은 서둘러 옷을 벗고 잠옷으로 갈아입은 후 아래쪽 침대에 누웠다. 찜통더위지만 침대차의 창은 열리지 않는다. 다시 한번 자기 뺨을 때려본다. 맞은 순간에는 역시나 반발하는 감정이 있다. 손이 스친 부분에 감정의 근원이 있는 듯한 기분이 든다. 그 부분을 잘만 찾아낸다면, 내가 원할 때 분노를 치솟게 하거나 진정시키는 조작을 할 수 있지 않을까.

오른뺨을 맞으면 왼뺨을 내밀라는 속담이 있었던 것 같다. 아니, 속담이 아니었을지도 모른다. 속담치고는 너무 괴상하다. 그러나 당신은 지금 그 말의 의미를 깨달은 것 같은 기분이 들었다. 난데없이 오른뺨을 맞으면 누구나 발끈해서 자기도 모르는 새에 상대에게 덤벼들거나 한다. 운이 나쁘면 상대가 심한 부상을 입을 수도 있다. 그러나 그렇게 되기 전에 시험 삼아 왼뺨도 맞아보면, 분노라는 게 어떻게 발생되는지 알게 되어 자기 몸을 타인의 것처럼 냉정하게 관찰할 수 있다. 그래서 왼뺨도 내밀라는 거겠지.

그때 객실로 작은 형체가 획 들어왔다. 설마 하는 마음에 당신은 눈을 비볐다. 역시나 어린애였다. 다섯 살쯤 된 남자아이. 속옷 같은 하얀 면 상하의가 야윈 몸을 빈틈없이 감싸고 있다. 신발만 두툼한 갈색 가죽으로 만들어져 있다. 손에는 아무것도 없다. 남자아이는 당신 쪽을 보려고도 하지 않고, 아래쪽 침대에 앉아 신발을 벗더니 벌러덩 드러눕고는 건방지게 머리 밑으로 깍지를 끼었다. 눈을 힘껏 부릅뜨고 위를 노려본다. 어린애치고는 이상하게 진지한 눈빛이었다. 머지않아 부모도 나타나겠지. 당신은 달아오른 뺨을 문지르며 여행가방에서 추리소설을 꺼냈고, 마찬가지로 아래쪽 침대에 누워 읽기 시작했다. 평소에는 추리소설을 좋아하지 않지만, 그 대장장이를 잊는 데는 제일이겠다 싶어서 들고 온 것이다. 오늘밤에는 잠을 못 이룰지도 모른다는 좋지 않은 예감이 들었다. 야간열차에서 잠들지 못하는 것은 끔찍한 일이다. 자기 집에서 잠을 못 이루는 것도 비참하지만, 야간열차에서는 창을 살짝 열고 바깥바람을 쐴 수도 텔레비전을 켤 수도 없다.

한 남자가 새벽녘에 잔교에서 깊은 초록빛 호수에 빠져 죽는다. 차디찬 물이 겹겹으로 남자의 몸을 휘감아 깊은 바닥으로 삼켰고, 그후에는 다시금 아무 일도 없었던 듯이 고요해졌다. 수영을 못해서가 아니다. 정신을 잃은 것이다. 근처 농장에서 나고 자란 다부진 남자인데, 앉아서 낚시를 하다 누군가가 뒤에서 휘두른 쇠망치에 후두부를 맞고 정신을 잃어 고꾸라지듯 호수로 떨어진 듯하다. 작지만 묵직한 쇠망치는 남자의 작업장에서 훔쳤는지, 나중에 호수 밑바닥에서 시체와 함께 발견되었다. 남자가 살해당할 때 가까이에 있던 사람은 일곱 살짜리 여자아이 하나뿐이었고, 다른 사람은 아무도 없었다. 그 아이는 언어장애가 있어서 뭘 물어봐도 대답하지 못했다. 유랑극단 가족이 몇 달 전에 마을에 두고 간 아이로, 살해당한 남자가 보살펴주고 있었다. 남자는 독신이고 연로한 부모와 함께 살고 있었다. 헛간 한쪽에 짚으로 침상을 만들어 여자아이를 재우고 빵 같은 것도 준 모양이다. 친절하고 과묵한 남자라 마을에는 적도 없었기에, 대체 누가 살해했는지 아무도 짐작할 수 없었다.

당신은 머리 위를 가로지르는 커다란 그림자에 흠칫 놀라 문고본에서 시선을 뗐다. 아이가 일어나서 객실 밖으로 나갔다. 문은 무거워서 열기 힘들 텐데, 손쉽게 스르륵 열더니 소리도 없이 살며시 닫고 밖으로 나갔다. 그러자 교대하듯 승무원이 승차권과 침대권을 조사하러 왔다. 그 아이는 승차권을 가지고 있을까. 그건 그렇고 부모는 왜 여태 모습을 드러내지 않을까. 다른 객실에서 자고 있을까. 아이들은 곧잘 캠핑장이나 배에서 부모와 따로 자고 싶어한다. 그런 어리광을 허락해주기에는 나이가 너무 어린 듯하지만, 당신은 아이에 관해서는 잘 모른다.

승무원이 나가고 얼마쯤 지나자 아이가 돌아왔다. 웬일인지 눈이 반짝반짝 빛난다. 설마 가출했나 싶어 당신은 불안해졌다. "얘, 너희 엄마 아빠는 어디 계시니?"라고 물어보았다. 당신의 목소리를 들은 아이가 어깨를 흠칫 떨었다. 마치 당신이 말할 수 있다는 사실에 놀란 것 같았다. 아이들과 쉽게 친해지지 못하는 당신은 어른과 마찬가지로 너무 깊이 캐물으면 실례일 것 같아, 조심스럽게 "꼭 대답하지 않아도 괜찮지만"이라고 얼버무리고 다시 문고본을 읽는 척했다. 척이 아니라 정말로 다시 읽기 시작했다. 추리소설이니 도중에 멈출 수 없는 게 당연하다.

남자가 죽은 후 일주일쯤 지나 마을사람 하나가 새벽에 일어나서 낚시를 하러 나갔는데, 잔교에 예의 그 여자아이가 혼자 우두커니 서서 물을 바라보고 있었다. 어딘지 모르게 망령 같은 분위기가 감돌아 가까이 다가서지 못하고 한동안 말없이 바라보고 있자니, 여자아이가 별안간 양손을 치켜들었다 쇠망치를 내리치는 듯한 몸짓을 했다. 마을사람은 오싹해졌다. 집으로 돌아와 방금 본 광경을 몇 번이나 머릿속에 떠올리며 생각에 잠겼다. 생각하고 있노라니 조금씩 안정이 되었다. 그 아이는 역시 살인 현장에 있었던 게 틀림없다. 그 자리에 있었지만 범인이 누구인지 말할 수 없는 이유가 있겠지. 어쩌면 유랑극단 일행이 지나가던 길에 남자를 죽이고 갔을지도 모른다. 그래서 여자아이는 자기 부모도 유랑극단이니까 범인을 감쌌는지도 모른다. 그렇다면 감싸게 놔두면 된다.

당신은 역한 냄새가 나는 느낌이 들어 아이 쪽을 슬쩍 훔쳐보았다. 아이는 침대에 누워 자기 팔을 핥고 있다. 어린아이들이 자주 하는 행동인데, 입을 크게 벌리고 팔꿈치 언저리를 핥고 있다. 처음에는 당신은 그렇게 생각했다. 그런데 바로 그때 야간열차가 어느 역으로 들어섰고, 역의 조명이 커튼 틈새로 비쳐들어 아이의 팔에 닿자 핏빛이 번쩍였다. 피가 흐르고 있다. "왜 그래? 다쳤니?" 당신은 엉겁결에 몸을 일으키고 아이를 향해 소리치듯 물었다. 아이는 무표정인 채 등을 휙 돌려버렸다. 피를 본 이상 당신은 모른 척 내버려둘 수가 없다. "잠깐 보여줘." 아이의 등에 손가락이 스치자, 아이가 온몸을 바르르 떨며 경련을 일으켰다. 팔을 잡고 이쪽으로 돌아눕히자 몸이 맥없이 휙 돌았다. 팔은 피로 물들어 있었다. "왜 이런담. 큰일났네. 승무원에게 알리고 구급상자를 빌려와야겠다."

상처는 조그만 반원 형태의 잇자국이다. 원숭이에게 물린 자국으로밖에 보이지 않는다. 밀실인 이 객실에 사나운 원숭이가 숨어 있는 걸까? 보이지 않는 원숭이에게 물려 피범벅이 된 아이. 열차는 여전히 어느 역에 멈춰 서 있었다. 이런 곳에 마을이 있을 리 없는데 하는 생각이 순간적으로 당신의 머릿속을 스치고 지났다. 그리고 아이의 상처로 시선을 되돌린 당신은 흠칫 놀랐다. 아이는 스스로 자기 살을 물어뜯은 것 같다. 당신은 여러 해 전에 그런 아이를 본 적이 있다. 난민고아 시설에서 일할 때였다. 스스로 자기 팔을 물어뜯는 아이가 있었다. 살 갗이 찢어져 피가 흐르고 붉고 축축한 속살이 드러나면, 아이는 비명 같기도 하고 신음 같기도 한 소리를 멈추고 한순간 마음이 놓인 듯 미소를 짓곤 했다. 외부에서 자기를 향해 다가오는 생명이 존재한다는 감각, 자기가 살아 있다는 감각을 되찾기 위해 아이는 스스로 자기 살을 물어뜯을 때가 있다.

당신이 아이의 팔을 보며 어안이 벙벙해 있는 사이, 이상할 정도로 저항하지 않던 아이가 갑자기 무시무시한 힘으로 팔을 거둬들이며 히스테릭한 웃음소리를 내는가 싶더니, 자리에 누운 채 껍질을 벗듯 얇은 하얀 바지를 벗어 당신 얼굴로 집어던졌다. 바로 그때 객실 문이 열리고, 양복 옷감이 번쩍거렸다. 당신은 아이가 집어던진 바지를 어깨에 걸친 채 눈앞에 서 있는 양복 위의 얼굴을 바라보았다. 그 사람의 입이 열렸고, 공무원다운 말을 줄줄 쏟아내며 뭔가를 설명했다. 아이는 포기한 듯이 몸을 일으키더니 바지를 입고 일어섰다. 당신은 아이가 끌려가는 모습을 말없이 지켜보았다. "시설에서 가출했나보군요." 한참이 지나 거기에 승무원도 서 있는 것을 알아채고 당신이 말하자, 승무원은 당신을 범죄자 취급하는 눈으로 노려보더니 "부끄러운 줄 알아요"라고 말했다. 당신이 멍하니 바라보자, "내가 차표를 조사하러 왔을 때, 아이를 어디에 숨겼죠?"라며 물었다. 당신은 놀라서 "숨긴 적 없어요. 애가 혼자 화장실에 갔어요"라고 대답했다. 승무원의 얼굴이 분노로 붉어졌다. "아이에게 끔찍한 짓을 하다니"라는 말을 남기고 가버렸다.

대체 내가 뭘 어쨌다는 걸까. 지나치게 밝은 독방에 홀로 남겨진 채, 당신은 애지중지하듯 무릎을 동그랗게 감싸안고 누웠다. 아이를 바로 돕지 못한 것은 분명하다. 그건 잘못이다. 아이가 자기 살을 물어뜯는 것도 알아채지 못했다. 시시한 추리소설에 푹 빠져 있었던 탓이다. 그 순간 갑자기 읽고 있던 추리소설의 전말이 순식간에 훤히 그려졌다. 그 남자는 말을 못하는 그 여자아이에게 늘 폭력을 휘둘렀다. 그래서 그날 아침, 등뒤에서 남자를 습격해서 죽이고 만 것이다.

열두번째 바퀴

뭄바이로

당신은 기억할까, 기억하지 못할까. 자기 손톱깎이를 열차 안에서 팔아넘긴 날을. 그것이 평범한 손톱깎이가 아니었다는 사실은 여행이 끝나기 전에 이미 알아챘을 게 틀림없다. 손톱이 길면 가위로 자를 수도 있고 손톱 줄로 갈 수도 있다고 생각하며 마음을 가라앉히려 애쓴 적도 있지만, 마음속 어딘가에서는 이제 손톱은 깎을 수 없으며, 앞으로는 자라나는 손톱의 의지대로 끌려가고 손톱이 자라는 방향대로 이끌리며 살아갈 수밖에 없다는 사실을 알아챘을 것이다. 안타깝지만 어쩔 수 없다.

나와 만났던 그 열차를 기억하는가. 이미 이십 년도 더 지난 오래전 이야기다. 눈이 역삼각형 모양이던 이 얼굴을 기억하는가. 당신은 그런 기묘한 얼굴은 본 기억이 없다고 말할지도 모른다. 인간은 과연 이십 년 전에 여행지에서 알게 된 이들의 얼굴을 몇 퍼센트 정도나 기억할 수 있을까. 그래도 3월 말의 어느 날, 파트나에서 뭄바이로 향하는 야간열차를 탄 것은 설마 잊지 않았겠지. 이 경우, 야간열차라는 호칭은 적합하지 않을지도 모른다. 뭄바이에 도착할 때까지 그 열차에서 밤을 두 번 맞았다고 하는 편이 정확하리라. 야간열차라기보다는 달리는 중에 밤이 되어버리는, 속 편하게 밤으로 들어서는 방식이었다.

당신은 차표를 살 때마다 하염없이 기다렸던 일을 기억할 것이다. 파트나 역의 창구 앞에는 긴 행렬이 늘어서 있었고, 그날도 서 있을 수 없을 만큼 무더웠다. 인도 남자들의 나긋나긋한 등, 하얀 면이 땀에 젖어 살갗에 들러붙어 있었다. 행렬은 꾸불꾸불 이어지고, 창구 부근에는 사람들이 무리 지어 있다. 시간이 얼마나 흘렀을까. 손목시계를 볼 수 없다. 당신이 손목시계를 차고 있으면 싸구려인데도 모양이 특이해서 그런지 그건 얼마냐고 하도 물어대는 탓에, 시계를 빼서 짐 바닥에 숨겨놓았다. 시계를 볼 필요도 거의 없었다. 인도에 도착한 지 어느새 한 달이 지나, 시계를 안 보는 버릇이 완전히 몸에 배었다. 어쨌거나 시간이 꽤 많이 흐른 것만은 분명했다. 삼십 분, 한 시간, 아니 두 시간쯤 지나버렸을지도 모른다. 당신은 줄을 처음 섰을 때부터 행렬이 조금도 줄어들지 않는다는 것을 알아차렸다. 새치기하는 사람이 있는 걸까. 역은 사람들 왕래가 많고 줄을 뚫고 지나가는 통행인도 많으니, 새치기한 사람들이 있다고 해도 당신은 알아채지 못했을 것이다. 하지만 새치기를 당한 바로 뒷사람들은 왜 화를 내지 않을까. 뇌물이라도 받았을까. 찜통 열기에 지쳐 몸이 무겁다. 사람들 행렬이 뱀처럼 보이기 시작했다. 뱀은 짧아지지 않는다. 영원이라는 이름의 뱀이 똬리를 틀고 있다. 그 위에 앉아 있는 비슈누*. 눈을 크게 부릅뜬, 뺨이 포동하고 입술이 도톰한 인도 미인, 다홍색, 빨강색, 핑크색 실크를 겹겹이 휘감고, 뱀 위에 책상다리를 하고 앉아 있다. 오른손에는 작은 레코드판 같은 것을 들고 있다. 왼손에는 아보카도만한 나각을 들고 있다. 레코드도 나각도 디스코풍의 붉은빛을 반사하며 번쩍거린다. 그렇지, 비슈누는 나각을 도입해서 록 음악에 새로운 경지를 연 스타가 아니던가. 불현듯 그런 생각을 떠올리고, 당신이 말을 건넸다.

"뱀이 줄어들지 않아서 곤란하네요."

뱀은 기차표를 사는 행렬을 가리킨다. 행렬을 왜 뱀이라고 표현했는지 당신 스스로도 알 수 없었다. 그 이유는 훨씬 뒤에야 알았다.

"뱀의 길이는 영원합니다. 당신은 걱정스러워 보이는군요. 무슨 곤란한 일이라도 있나요."

당신은 그 당시 돈이 없어서 걱정거리가 많았다. 예를 들면 기차표를 살 돈이 모자라진 않을까. 무슨 수를 써서든 뭄바이까지 가야 한다. 뭄바이에서 싱가포르로 날아갈 비행기 티켓은 배낭에 들어 있었다. 그곳에 사는 숙부님 집에만 어찌어찌 굴러가면, 언제든 기꺼이 자기 사무실에서 아르바이트를 시켜주겠다고 했다. 그러니 뭄바이 공항에만 도착하면 된다. 여차하면 비행기를 탈 때까지 아무것도 못 먹어도 상관없다. 그렇지만 이 돈으로 과연 기차표를 살 수 있을까. 땀에 젖은 루피 지폐는 후줄근하고 미덥지 않다. 외국인이라고 일등칸 표를 떠안길지도 모른다. 이등칸이나 삼등칸은 이미 표가 없다고 나오면 어떻게

---

* 힌두교의 세 주신(主神) 중 하나. 세계의 질서를 유지하는 신.

반론할 것인가. 끈덕지게 잘 버티면 코끼리 알이라도 손에 넣을 수 있는 나라지만, 금세 포기해버리는 인간은 차표 한 장도 살 수가 없다. 인도 사람은 말이 빠르고 영어를 잘하는 사람이 많다. 잘 물고 늘어질 수 있을까. 이렇게 더우면 뇌 활동이 정지하고 혀가 바짝바짝 말라붙는다. 어떡하지. 오히려 좀처럼 순서가 돌아오지 않는 것에 마음을 쓸어내리는 겁쟁이 같은 자기 모습을 깨닫고, 당신은 맥이 탁 풀려버렸다. 걱정이 걱정을 불러들여, 걱정이 끊일 새가 없다. 마음의 평안을 찾아 기도한다는 말도 있지만, 내게는 기도할 신도 없다.

"기차표는 얼마나 할까요?"

"어디까지 가시죠?"

"뭄바이요."

"아아, 뭄바이는 멀죠. 기차표도 비싸겠군요. 난 지금 아내를 만나러 갑니다."

비슈누가 말했다.

"이게 내 아내 사진입니다."

비슈누가 지갑에서 몹시 낡은 사진을 꺼내 보이며 말했다. 어, 그럼 이 사람은 남자였네. 당신은 놀라서 사진이 아니라 눈앞에 있는 비슈누의 얼굴을 뚫어져라 바라보았다.

"숭배받는 대상은 화장을 하고 여성스럽게 꾸밉니다."

당신이 당혹스러워하자 비슈누가 재미있다는 듯이 설명했다.

"아내의 이름은 락슈미*, 길상천입니다."

---

* 고대 인도신화에 나오는 아름다움과 행운의 여신. 불교에 유입되어 길상천이 되었다.

"부인도 아름다운 분이네요."

당신은 사진을 보며 말했다. '부인도'의 '도'가 왠지 우스웠지만, 비슈누는 아무리 봐도 미인으로밖에 안 보이니 어쩔 수 없다.

"아내의 손에서 쏟아지는 게 뭔지 아시겠나요."

"아뇨. 어라? 금화인가요."

"맞습니다. 아내는 부자예요. 그래서 난 아내와 결혼했죠. 그리고 나는 성교도 무척 좋아합니다. 인도에는 옛날부터 출가하는 남성이 아주 많아요. 여성과 관계하거나 돈을 모으는 것을 청년 시절부터 싫어하는 사람이 많죠. 그렇지만 난 달라요. 결혼해서 부자가 됐죠. 당신은 부자인가요?"

"아뇨, 돈이 조금밖에 없어서 차표를 살 수 있을지 불안해요."

혹시라도 차푯값이 부족하면 어떻게 하나. 시계를 팔아버릴까. 전보를 쳐서 숙부에게 돈을 보내달라고 할까. 그것도 가능하겠다고 머릿속으로는 생각한다. 하지만 그런데도 걱정스러운 마음은 여전히 풀리지 않는다. 정서불안 상태가 되었기 때문이다. 그런 불안이 없었다면 우리가 만나는 일도 없었겠지. 나는 사람들의 불안을 냄새 맡고 다가간다.

불안감은 줄을 서 있는 동안 싹트기 시작했다. 그때까지는 돈에 관해서도 별로 걱정하지 않았다. 당신은 전날 카트만두에서 로열네팔항공 비행기를 타고 파트나에 도착했다. 역에서는 자전거 인력거를 모는 남자가 싼 호텔에 데려다주겠다고 해서 탔다. 인력거 기사는 온몸의 체중을 실어 페달을 밟았고, 인력거는 천천히 움직이기 시작했다. 당신의 눈은 문득 페달을 굴리는 맨발에 멈췄다. 뒤꿈치가 현무암처럼 번들거렸다. 큰길로 나가자 노란색 자동 인력거가 옆에 나타나 요란한 소리를 울리며 앞질러갔다. 안에는 핑크색 사리를 입은 뚱뚱한 여성이 반바지를 입은 남자아이 둘을 데리고 타고 있었다.

호텔에 도착하자, 눈썹은 초승달 모양이고 속눈썹이 긴 호텔 직원이 나와 인력거를 모는 남자에게 동전을 건넸다. 그 손은 말랐고 손가락이 길었다. 여권을 보관해주겠다고 해서 맡겨두고 일단 마을로 나와 렌즈콩 카레를 먹었다. 호텔로 돌아오자 여권을 돌려주었다. 당신은 여권에 꽃무늬 커버를 씌워둬서, 펼쳐보지 않아도 바로 자기 여권을 알아볼 수 있게 해두었다. 안을 확인하지 않고 그대로 방으로 가져갔다.

방에는 작은 창이 하나밖에 없어 어스름했다. 창에는 독방 같은 격자가 쳐져 있다. 밖에서 도둑이 드는 걸 막기 위해서겠지만, 자기가 갇혀버린 기분이 든다. 콘크리트 바닥이 훤히 드러나 있고, 곰팡이 냄새가 났다. 빛이 들지 않아 서늘한 것은 기분좋았다. 땀이 솟는 대로 내버려두고서, 당신은 배낭을 바닥에 내던지고 그대로 침대에 드러누웠다. 방 벽에는 더러운 얼룩이 많다. 가만히 바라보고 있으니, 이따금 그 얼룩이 움직인다. 아마도 얼룩이 아니라 벌레겠지. 무슨 벌레인지 알고 싶지 않아 시선을 피한다. 침대 옆 벽에는 볼펜으로 쓴 낙서가 있었다. 영어로 이 호텔은 멋지다, 라고 써놓은 바로 밑에 마치 그 말을 번역한 양 일본어가 적혀 있다. 그러나 내용은 전혀 다르다. 이 호텔 주인은 좋은 카메라를 싸게 사지 않겠느냐고 하는데 사지 않는 게 좋다고 쓰여 있다. 당신은 그날 처음으로 소리 내어 웃었다.

어제는 그래도 푹 잤다. 눈을 떴을 때, 오늘은 차표 사는 날이지 하고 생각했다. 그 밖에 별다른 예정은 없었다. 인도에 온 뒤로 하루에 이것저것 다 하겠다는 생각은 하지 않게 되었다.

그나저나 줄은 언제쯤이나 줄어들까. 뱀의 이름은 모두 영원일까, 아니면 비슈누가 의자 대신 쓰는 뱀의 이름만 영원일까. 퍼뜩 정신을 차렸지만 줄은 여전히 줄지 않았다. 비슈누는 사라지고, 그 자리에 시바가 서 있다. 목에는 목걸이처럼 뱀이 세 겹으로 휘감겨 있다. 눈꺼풀이 두툼한 눈을 살포시 뜨고 있고, 입술은 다홍색, 얼굴은 여자인데 훤히 드러난 가슴에는 유방이 없고 근육이 솟아 있다. 공작 깃털로 앞을 가렸고, 그 밑으로는 힘이 넘치는 허벅지가 보인다. 이 사람도 얼굴은 여자지만 남자로구나 하고 당신은 생각했다.

"줄이 줄지 않아서 곤란해요."

"줄 따윈 파괴해버려요."

"도저히 그럴 순 없어요."

"왜죠?"

"도덕관이 방해하니까."

"그런 건 깨버려요."

시바가 그렇게 말해도 줄을 망가뜨리는 것은 당신에게는 불가능한 일이다. 그래서 슬금슬금 앞쪽으로 가서 끼어들어보았다. 당신은 그것만으로도 꺼림칙했다. 끼어든 자리는 창구 바로 앞에 서 있던 터번을 두른 노인 바로 앞자리였는데, 노인은 당신을 보고도 상냥하게 미소만 지을 뿐 불평하지 않았다.

기차표는 삼등칸으로 살 수 있었다. 일등칸밖에 못 판다고 하면 어쩌나 걱정했는데, 네팔에서 산 까슬까슬한 마 옷을 입고 있어 네팔 사람으로 보였을지도 모른다. 그런데도 돈은 거의 다 사라지고 말았다. 사모사*에 차이**라도 한잔 곁들이면 끝나겠지. 단식 수행을 떠올려본다. 단식하는 사람이 이렇게 많으니 음식을 못 사도 딱히 두려울 건 없다고 당신은 생각해본다.

그렇게 간신히 기차표를 사서 그날 밤에 열차를 탔다. 맞은편에 앉은 사람은 콧수염을 기른 땅딸막한 남자로 카키색 반소매 셔츠에 긴 바지를 입고, 샌들을 꿰신고 있다. 그 옆은 연한 분홍색 사리를 입은 여성인데, 이마에 빨간 점이 있다. 부부는 만족스러운 듯이 당신을 바라본다. 마른 남자가 그 옆에 앉아 있다. 맞은편 위쪽 침대에는 라메*** 사리로 몸을 휘감은 바다표범처럼 당당한 노파가 누워 있었다. 당신 자리는 창가라, 격자가 박힌 창을 통해 기차 바깥쪽에 찰싹 달라붙은 사람들의 모습이 힐끗힐끗 보인다. 당신 옆에는 아이가 앉아 있다. 레이스가 달린 핑크색 화학섬유 원피스를 입고 있다. 몸집은 아직 만 세 살 정도인데 얼굴 생김새는 어른스럽고, 이따금 눈썹을 찡그리며 한숨을 내쉬곤 한다. 그 너머에는 아이 엄마로 보이는 여성과 하얀 면 상하의를 입고 곱슬곱슬한 턱수염을 기른 동년배 남자가 앉아 있다. 턱수염 남자가 복도를 지나가던 비슷한 또래의 남자와 얘기를 나누기 시작했다. 복도에 서 있는 남자의 다리는 가늘었다. 얼마쯤 지나자 앉고 싶

---

* 야채와 감자를 넣고 삼각형으로 빚어 기름에 튀긴 인도식 만두.
** 우유와 향신료를 넣어 끓인 인도식 홍차.
*** 금실, 은실을 섞어서 짠 반짝이는 천.

어졌는지 틈새로 파고들어 당신 줄에 앉는다. 차 안은 끔찍하게 더워서, 가만히 있어도 이마에서 흘러내린 땀이 눈으로 스며들어 따갑다.

열차는 이윽고 어느 역으로 들어섰다. 요란하게 외치는 장사꾼들의 소리가 물밀듯이 몰려든다. 한 손으로 받쳐든 쟁반 위에 차가운 사모사가 한가득 담겨 있다. 달콤한 차이 냄새. 당신은 사모사를 파는 남자에게 턱짓을 했다. 격자 너머에서 사모사를 밀어넣는다. 이쪽에서는 지폐를 건넨다. 왠지 투옥된 것 같은 기분도 든다. 사모사는 삼각형으로 접힌 부분이 바삭바삭해서 맛이 좋다. 소는 으깬 감자다. 차이도 산다. 작은 질그릇 컵에 담겨 있다. 콧수염 남자가 기쁜 듯이 맛있냐고 물었다. 맛있다고 대답하자, 인도 음식은 세계 제일이란다. 그 컵은 차이를 다 마시면 바닥에 집어던져 산산이 박살내야 한다면서, 만약 나쁜 사람이 그것을 발견해 주문을 걸면 당신을 죽일 수도 있기 때문이라고 가르쳐주었다. 남자는 아무래도 어린애한테나 통하는 그런 속임수 같은 대처로 악마나 흑마술에서 벗어날 수 있다고 믿는 모양이다. 당신은 어디에서 왔느냐는 질문을 받고 아무 거리낌 없이 일본에서 왔다고 대답했다. 당신은 그 무렵 자기가 여성이며 일본인이라는 정체성에 아무런 의문을 느끼지 않았다. 콧수염 남자가 일본 여권을 보고 싶다고, 그런 진기한 물건은 좀처럼 볼 기회가 없다고 하자, 당신은 흔쾌히 속에 차고 있던 주머니에서 여권을 꺼내 건네주었다. 호기심에 찬 남자는 아이처럼 뺨을 부풀리며 페이지를 넘겼지만, 마지막까지 넘겨보고 일본어 글자는 어려워서 전혀 못 읽겠다며 웃었다. 당신도 농담으로, 그렇지 않다고, 일본어 글자는 간단하다고 말하며 첫 페이지를 펼쳤다. 그러나 펼친 손가락이 그대로 굳어버렸다. 거기 붙어 있는 사

진의 얼굴은 당신 얼굴이 아니었다. 밤 모양 헤어스타일은 비슷할지 모르지만 남자아이다. 나이는 일곱 살쯤 됐을까. 게다가 거기에 적혀 있는 글씨는 일본어가 아니라, 이제껏 본 적조차 없는 낯선 문자였다. 일본어를 전혀 모르는 사람이라면 이게 히라가나라고 생각할지 모르지만, 자세히 보면 'の' 자는 반원 부분이 빙글빙글 소용돌이친다. 'も' 자도 가로줄이 세 개나 있다. 이런 글자는 본 적이 없다. 어쩌다 이런 일이 벌어진 걸까. 콧수염 남자 옆에 앉아 있던 아내가 뭔가 알아챘는지, 걱정스러운 듯이 남편에게 뭐라고 말을 건넨다. 남편이 무슨 일이냐고 물었다. 아뇨, 아무 일도 아니에요, 라고 대답한 당신은 황급히 여권을 덮었다. 호텔에서 잘못 건네준 모양이다. 이 사람은 누구일까. 왜 나랑 똑같은 여권 커버를 씌웠을까. 어쩌면 호텔 사람이 고의로 한 일일지도 모른다. 지금 다시 파트나로 돌아가봤자 여권은 더는 찾을 수 없을지도 모른다. 무엇보다 돌아갈 돈도 없다. 이대로 뭄바이로 갈 수밖에 없다. 이대로 본 적도 없는 문자를 짊어지고 만난 적도 없는 소년이 되어, 밤으로 돌입하는 열차 안에 계속 앉아 있을 수밖에 없다. 콧수염 남자는 이 사진을 보고도 아무런 생각이 없었을까. 당신을 남자아이라고 생각하는 걸까. 이 나라에서는 일반적으로 여자 혼자 여행을 하지는 않는 것 같으니까. 그렇다면 남자아이가 되어도 상관없다.

비좁아서 누울 수 없어, 당신은 밤새도록 앉아 있을 수밖에 없다. 꾸벅꾸벅 졸고 있는데, 발밑이 점점 좁아진다. 복도에 서 있던 사람들이 조금씩 객실 안으로 비집고 들어오는 모양이다. 이제는 발도 움직일 수 없다.

당신은 눈을 번쩍 떴다. 눈앞에 야윈 손이 보였다. 앗 하고 소리를 지른 것과 동시에 맞은편에 앉아 있던 콧수염 남자가 그 손을 찰싹 내리쳤다. 손은 휙 물러나며 창밖으로 사라졌다. 기차 바깥쪽에 공짜로 매달려 탄 사람이 격자창 틈새로 마른 손을 뻗어 뭔가를 빼가려 한 모양이다. 무엇이었을까 궁금해서 당신은 주위를 둘러보았다. 턱수염 남자가 가늘게 만 잎담배 비리*를 피우고 있다. 아무래도 그걸 훔치려고 밖에서 손을 뻗었나보다. 배에서 꼬르륵 소리가 났다.

얼마 지난 후, 또다시 눈이 뜨였다. 엉덩이가 서서히 축축해지며 뜨거워진다. 암모니아 냄새가 코를 확 찌른다. 옆에 앉아 있던 아이가 오줌을 싼 모양이다. 일어서고 싶지만 다리를 움직일 수 없다. 발아래 바닥에는 몇 사람이나 몸을 말고 잠들어 있다. 일어서서 옷을 갈아입을 마음도 들지 않았다. 젖은 채로 있어도 상관없다. 아이가 갑자기 울기 시작하자, 엄마가 열심히 뭐라고 말을 건넨다. 아이가 얄밉다. 그런데도 당신은 갑자기 동정을 느끼고 아이의 머리를 쓰다듬었다. 머리칼에 기름이 끼어 끈적거렸다. 울음소리가 확 작아졌다. 당신은 코코넛 어쩌고저쩌고 하는 사탕이 있다는 게 떠올라, 주머니를 뒤적여 아이의 손에 쥐여주었다. 울음소리는 뚝 그쳤다. 똑같은 오줌에 젖은 사이. 당신은 자기 입에도 사탕 하나를 집어넣었다.

바로 그때 머리 위 침대에서 소리가 들리더니, 얼굴 하나가 거꾸로 매달린 채 내려왔다. 눈이 역삼각형으로 찢어진 것처럼 보였다.

"당신, 혹시 손톱깎이 갖고 있나요."

---

* 담뱃잎을 나뭇잎으로 싸서 말아놓은 인도 전통 잎담배로, 비디라고도 한다.

이런 오밤중에 손톱을 왜 깎나 하고 당신은 의문을 품었을 것이다. 일본인이라면 밤중에 손톱을 깎을 리 없다. 밤에 손톱을 깎으면 반드시 안 좋은 일이 생긴다. 그러나 배낭을 뒤적이며 손톱깎이를 찾는 사이, 당신 마음속에서 그런 규범이 조금씩 무너져내렸다. 밤에 손톱을 깎는 것은 어쩌면 좋은 일일지 모른다고 생각하기 시작했다. 게다가 기차 안에서 손톱을 깎는 것은 좋은 일일지도 모른다. 당신은 가까스로 손톱깎이를 찾아내서 밑으로 내려뜨린 손에 쥐여주었다. 잠시 후 톡톡 손톱 깎는 소리가 들렸다.

"이건 좋은 손톱깎이네. 이거 나한테 팔지 않을래요."

남자는 또다시 위에서 얼굴을 내밀며 물었다.

"그건 곤란해요. 저도 가끔 손톱을 깎아야 하니까."

"그렇지만 계속 인도에 있을 건 아니잖아요? 고국으로 돌아가면 새것을 살 수 있잖아요? 인도에는 인간의 욕구를 채워주는 건 뭐든 다 있지만, 손톱깎이만 없어요. 부탁이에요. 이걸 파세요."

당신은 자기에게 돈이 전혀 없다는 사실을 떠올렸다. 손톱깎이를 팔아 푼돈이라도 손에 넣으면 뭐든 또 한 끼를 해결할 수 있다.

"좋아요. 몇 루피 주실 거죠?"

"실은 루피는 없어요."

"네!?"

"그 대신 열차표가 있어요. 그렇지만 이건 보통 차표가 아니에요. 부적 같은 겁니다. 이걸 지니고 있으면, 계속 철도를 타고 다닐 수 있죠."

"계속이라니, 언제까지요?"

"이 여행이 끝나면, 곧바로 다음 여행이 찾아옵니다. 그게 끝나면 또

바로 다음 여행이 시작되죠. 그렇게 끊임없이 여행이 계속되는 겁니다."

그날 나는 당신에게 영원한 승차권을 내주고, 그 대신 자신을 자신으로 여기는 뻔뻔한 넉살을 사들여 '나'가 되었다. 당신은 더이상 스스로를 '나'라고 부르지 않게 되어, 언제나 '당신'이다. 그날 이래로 당신은 줄곧 묘사되는 대상對象이 되어, 2인칭으로 열차를 탈 수밖에 없게 되었다.

열세번째 바퀴

어디에도 없는 마을로

빨리해.

알았어요.

나간다고 한 뒤로 시간이 얼마나 흘렀는지나 아냐고.

어떻게 시간을 일일이 재고 삽니까.

뭘 그리 꾸물거리나.

잊은 게 없는지 확인하는 것뿐이에요.

당신, 차에 탔을 때 큰 봉투를 들고 있었잖아요? 이 열차 창 크기만
한 봉투.

실은 그게 안 보여요. 의사 선생님에게 받은 중요한 CT 스캔 사진
인데.

잊지 말고 챙기세요.

어디에 뒀더라.

독방에서도 물건은 분실하나니.

빨리하라니까.

알았다니까요. 거참, 이상하네, 선반에 올려둔 줄 알았는데.

맞아요, 차에 올라와서 맨 먼저 선반에 올렸어요. 그렇지만 혹시 제 머리 위에 떨어지면 곤란하다면서 친절하게도 다시 내려주셨죠. 그러고는 좌석 밑에 넣지 않았던가요.

머리 위에 있는 것은 생명을 앗아간다.

그랬나. 나도 정신이 없군, 그런 것도 기억 못하다니. 좌석 밑에 넣었던가. 잠깐 실례.

내 신발 건드리지 마.

신발 건드린 적 없어요. 아 정말, 자의식과잉이군.

시끄러워. 어허, 건드리지 말라니까.

거참, 그 신발이 거치적거려서 좌석 밑에 넣어둔 게 안 보이잖아요. 어떻게 좀 해봐요. 그 발 좀 치워달란 말입니다.

발 못 치워. 발을 치워서 어디 놓으란 말이야.

하지만 그 안쪽에 내 CT 스캔 사진이 있어서 안 치워주면 곤란해요.

대체 그런 걸 왜 차에 들고 타냐고.

병원에서 찍은 거예요. 다리가 너무 아파, 점점 걸을 수 없어서. 특히 오전중에는 아주 심해요. 어딘가 신경이 짓눌린 거죠. 그런데 거기가 어딘지 모르겠어요. 그래서 찍은 겁니다.

저런, 딱하기도 하지. 이별의 아픔 아닌가요?

난 누구와도 헤어지지 않았어요.

잊힌 이별이 가장 쓰라린 법.

당신 마음은 헤어진다는 상상만으로도 견딜 수 없었다. 그래서 정말로 헤어져버리는 대신 여행을 떠나 잊으려고 한 거죠? 그래서 열차를 탔죠?

무슨 말을 하는지 통 모르겠군요. 대체 제가 누구랑 헤어진다는 겁니까?

그런 건 내린 다음에 생각해. 우리랑은 관계없잖아. 우연히 함께 탄 타인은 타인보다 더 타인이란 속담 모르나?

그 속담은 틀렸습니다. 여행의 인연은 평생의 인연이라고 하죠.

많이 아프세요? 어쨌든 좋은 의사 선생님께 진찰을 꼼꼼히 받아봐야 해요.

네, 그런데 의사 선생님을 찾아가서 치료받을 만한 시간이 없었어요. 그래서 다음 여행지에서 병원에 가려고 집에서 들고 나온 건데.

여행지에서 병원을 찾아가다니, 정말 딱하군요.

그렇지도 않아요.

봉투를 잃어버리면 큰일이겠어요.

네. 분명 저 밑에 있을 거예요. 달리 둘 곳이 없으니까. 죄송하지만, 발 좀 치워주세요.

나 말이오?

얼른 발을 치워주시죠.

아 글쎄, 어디로 치우란 말이야. 어른이 넷씩이나 앉아 있는 이 객실에서 발을 움직일 여유가 어디 있다고.

그럼 신발을 벗고, 제 무릎에 발을 올리셔도 괜찮아요.

그건 절대 못해. 당신의 청결한 무릎 위에 발을 올리라니.

아뇨, 상관없어요. 자, 어서요.

그럼, 실례.

발냄새가 지독하군.

쓸데없는 참견 마. 난 신발을 벗고 싶어서 벗은 게 아니야. 남의 좌석 밑에 짐을 넣은 댁 잘못이지.

벗고 싶어서 벗었든 억지로 벗었든 냄새는 마찬가지로다.

자, 얼른 짐을 꺼내서 밖으로 나가.

알았다니까요. 그런데 여긴 웅크릴 여유도 없군. 왠지 탔을 때보다 훨씬 좁아진 것 같아.

그런 이상한 소리는 그만하시고. 있나요, 사진은.

어두워서 아무것도 안 보여요. 안쪽에 뭐가 있는 건 확실한데, 손이 닿질 않아요.

몸을 좀 틀어보면 어때요?

아야야야. 전 안 돼요. 허리를 틀 수 없어요. 의사 선생님도 섣불리 비틀면 안 된다고 했고.

저런, 딱하기도 하지.

뭘 그렇게 꾸물거려. 사진은 있나? 빨리해. 난 이런 자세로 언제까지고 계속 있을 순 없어. 꼴불견이잖아. 승무원이 오면 뭐라고 변명하느냐 말이지.

승무원은 한동안 안 와요. 차표와 여권을 조사했으니 나중에 침대 준비를 할 시간까지는 안 온다고요.

승무원이 없을 때는 쥐가 설친다.

틀렸어요. 안에 있는 것 같긴 한데, 허리가 아파서 닿질 않아요.

제가 해볼까요.

죄송하지만, 좀 도와주세요. 아무래도 당신 위치에서 하는 게 쉬울 것 같군요.

그럼, 일단 자리로 돌아가세요.

네. 어이쿠.

많이 아픈가봐요.

아뇨, 그럭저럭 참을 만합니다.

그리고 이번에는 그쪽 분, 제 무릎 위에 올렸던 발을 잠시만 공중으로 들어주세요. 그사이에 일어설 테니까. 제가 일어서면 제 좌석에 발을 내리시고요.

그건 무리야. 발을 배보다 높이 올리라니, 이 배로는 불가능해.

무리한 부탁을 드려서 죄송해요. 그렇지만 남을 돕는다 생각하고 힘을 좀 내주세요, 자, 어서.

으으윽, 무리야. 배에 힘이 안 들어가.

그럼, 제가 발을 잡고 들어올릴게요.

그만둬. 남이 발을 만지면 머리카락이 다 곤두설 정도로 간지럽다고.

살짝 올릴게요.

살짝 만지는 게 제일 고역이야.

그럼 난폭하게 잡을게요.

아니, 당신 손가락을 보는 것만으로도 벌써 몸이 근질거릴 지경이야. 안 돼.

상상 속의 벼룩은 실제 벼룩보다 가렵다.

자네는 왜 이상한 속담만 인용하면서 끼어드는 거야. 자네 속을 통 모르겠군.

모르는 게 약이다.

이제 그만해. 속담을 들으면 짜증나니까.

침묵 또한 대답이니.

진짜 침묵이면 좋겠지. 하지만 자네의 속담은 반론의 여지 없는 허접한 기지機智일 뿐이야.

이 사람에게 그런 어설픈 비판을 퍼부어봐야 비웃음을 사는 건 그쪽 뿐이에요.

뭐라고.

여기는 기차 바퀴 위. 다양한 방식으로 얘기하는 사람들이 있기 마련이에요. 남의 얘기를 못 듣는 사람이 내리는 게 낫지.

뭐가 어째. 정작 내려야 할 사람은 당신일 텐데. 승부는 이미 끝났어.

왜 나만 내려야 하는데. 야간열차에서는 누구나 잘 권리가 있어. 야간열차를 타놓고, 밤이 오기 전에 내리는 인간이 어딨냐고.

그건 그렇지만, 당신은 역시 내려줘야겠어. 패배한 자는 내려야 해.

밤이 가까워지면 이미 승패는 관계없다는 말을 모르나본데.

내가 말하는 승패는 민주주의야. 3 대 1. 민주적인 다수결로 결정한 일이야. 이 객실 안의 일은 어떤 외부 권력자도 결정할 수 없어. 승무원도 끼어들 수 없어. 우리끼리 정한다. 직접민주주의야.

난 안 내려.

안 내려도 돼요.

보라고. 전향자가 나왔군. 2 대 2야.

떠나는 자는 금, 떠나지 않는 자는 묘안석猫眼石.

대체 어느 편을 드는 건데.

내 생각에는 속담만 입에 담는 인간은 어느 쪽도 찬성하지 않는 것 같군. 결국 셋이 결정할 수밖에 없어. 2 대 1이니, 나의 승리야. 나는 남는다. 당신이 내려.

난데없이 무슨 멍청한 소리야. 난 처음부터 타고 있었어. 좌석도 예약했고. 잠옷까지 꼼꼼히 챙겨왔다고. 내가 왜 내려.

아무도 내릴 필요 없어요.

어?

침대가 네 개인데, 우리는 왜 늘 한 사람을 내리게 하려고 싸울까요.

방해되는 녀석이 있으면 못 자니까.

자는 동안에는 우린 모두 혼자잖아요. 꿈속에는 창에서 뛰어내리는 사람도, 출발지에 남겨진 사람도, 이미 목적지에 도착해버린 사람도 있어요. 우리는 애당초 같은 공간에 있지 않아요. 보세요, 땅의 이름이 무시무시한 속도로 침대 밑을 스쳐지나가는 소리가 들리잖아요? 한 사람 한 사람 다 달라요, 발밑에서 땅을 빼앗기는 속도가. 아무도 내릴 필요 없어요. 모두 여기 있으면서 여기 없는 채로 각자 뿔뿔이 흩어져 달려가는 거예요.

이동성, 유동성 그리고 자아동일성

1. 다와다 요코

　다와다 요코는 한국에서는 아직 그리 많이 알려져 있지는 않으나 『목욕탕』『영혼 없는 작가』 등의 작품이 번역되고 2011년 서울국제문학포럼과 2014년 서울국제작가축제에 초청되면서 지성적이고 독특한 작가로 조금씩 알려지고 있다.

　1960년 일본 도쿄에서 태어난 다와다는 와세다 대학에서 러시아 문학을 전공한 후, 1982년 독일에 가 함부르크 대학에서 독문학을 전공했고 취리히 대학에서 「유럽문학에 나타난 장난감과 언어마술」이라는 주제로 문학박사 학위를 받았다.

　다와다 문학의 특징은 독일어와 일본어 두 언어로 번갈아 글을 쓰면서 기정 사실이나 존재와 대상의 확실함에 의문부호를 찍고, 대상의 정체성을 만드는 경계를 허물어뜨리고, 경계를 넘나드는 글쓰기를 하는 데 있다. 이러한 작업은 언어적 차원에서 일어나는데, 다와다는 주로 지속적으로 새롭고 낯선 외국어와의 대결을 통해 세상과 언어, 그리고 자아가 드러내는 불일치와 불협화음을 보여주고 이 과정에서 얻은 새로운 인식을 글로 옮기는 데 몰두한다. 작가는 언어의 낯섦에 대한 인식이 자신의 문학의 출발점이 된다고 한 인터뷰에서 이야기했다.

사람들은 낯섦을 느끼면 더이상 많은 것이 당연하다고 느끼지 않고 그에 대해 곰곰이 생각하기 시작한다. 그러고 나서 사람들은 풀리지 않은 문제가 많이 있음을 알게 된다. 집에 있을 때 사람들은 이를 떨쳐버리고, 모든 것이 분명하며 딱히 깊게 생각해볼 필요도 없다고 생각한다. 그러나 이 모든 것이 이해되지 않음을 알아채는 상황들, 그것이 바로 나에게는 바로 문학적인 계기가 된다.*

그의 작품은 일본과 독일 두 나라에서 각기 20여 권 이상 출판되었고 또한 다른 여러 언어로 번역되었다. 세계 각국에 다와다 요코의 골수팬이 있으며 베를린의 라센칸 극단은 다와다의 작품 세계에 매료되어 몇 년째 지속적으로 그녀의 작품을 언어극으로 무대에 올리고 있다. 침착하고 독특한 언어와 문체, 그리고 깊은 관찰에서 나오는 참신하고 재기 번뜩이는 동시에 유희적인 인식으로 다와다 요코는 양국의 대표 문학상을 수상했다. 일본에서는 1993년 아쿠타가와상, 2000년 이즈미 교카 상, 2002년 Bunkamura 드 마고 문학상, 2009년 와세다

---

* 『유럽이 시작하는 곳(Wo Europa anfängt)』, Konkursbuchverlag, 1991.

대학 쓰보우치 쇼요 대상을 수상했고, 『용의자의 야간열차』로 2002년에 이토 세이 문학상과 다나자키 준이치로 문학상을 수상했다. 독일에서는 1994년 레싱 문학상, 1996년 샤미소 문학상, 2005년 괴테 메달을 수상했다. 또한 전 세계의 수많은 명문대학과 문화재단에서 체류작가로 즐겨 초청되고 있다. 더 나아가 2011년에는 함부르크 대학 상호문학학과의 최초 초빙교수로 임용되기도 하였다.

2000년대 이후 미국, 캐나다, 프랑스, 독일 등 세계 각국에서 다와다 국제 심포지엄도 열렸다. 미국에서 심포지엄 결과를 모은 『모든 곳으로부터의 목소리Voices from Everywhere』라는 책이 나왔으며, 프랑스와 독일, 일본의 권위 있는 문예지에서 여러 번 특집으로 다루기도 했다. 다와다 전문 국제학회의 풍경도 흥미롭다. 세계 각국의 일본문학 연구자, 독일문학 연구자, 비교문학 연구자들이 모여 발표를 하고 토론을 할 때 독일어와 일본어 그리고 영어를 사용하고 일본의 독문학자들이 통역을 하는 진풍경이 벌어진다. 다와다는 같은 아시아권의 작가가 독일어로 글을 썼다는 점에서 한국의 학계도 큰 관심과 동질감을 표명하는 소설가다. 한국에는 아직은 독문학자가 소개한 것이 주를 이루며 서두에서 언급한 두 번역본도 독일어 텍스트에서 옮겨졌다. 『용의자의 야간열차』가 한국에서 번역되는 본격적인 첫 일본어 텍스트라 할 수 있다. 독문학을 전공한 필자는 『용의자의 야간열차』를 이제까지 읽어 온 독일문학의 연장선상에서 해석한다.

2. 시공간 구기기

이 작품의 원제는 『容疑者の夜行列車』다. 작가는 이미 제목에서부터 특유의 언어유희를 보여준다. 용의자는 용을 길게 발음하면 '용의자(容疑者 Yôgisha)'를 의미하지만, 짧게 발음하면 '야간열차(夜汽車 Yogisha)'를 가리킨다. 후자를 택한다면 '야간열차의 야간열차'라는 언어중첩이 일어나는 것이다. 이러한 언어유희를 통해 작가는 독자가 자기 작품을 자동적으로 내용만 따라가며 읽는 것을 경계하고, 낯설게 사용된 글자 자체와 발음에 주목하고 이에 대해 생각하면서 읽도록 유도하고 있다. 이 작품에서 주인공은 야간열차를 타고 파리, 그라츠, 자그레브, 베오그라드, 베이징, 이르쿠츠크, 하바롭스크, 빈, 바젤, 함부르크, 암스테르담, 뭄바이 등 유럽과 아시아를 여행한다. 대부분의 내용은 작가의 자전적 체험에서 따왔으며 마지막 편과 암스테르담 편만 완전히 허구로 지어낸 장이라고 작가는 말한다. 열차를 타고 도착할 마지막 마을이자 마지막 장의 제목은 '어디에도 없는 마을'이다. 결국 종착지 혹은 목적지는 세상에 없는 장소인 것이다.

다와다는 자신이 처음 유럽으로 올 때 시베리아 횡단열차를 타고 온 것을 여러 글에서 자주 인상 깊게 언급할 뿐만 아니라 작품의 소재로도 다루고 이력서에도 쓰곤 한다. 작가에게는 도시마다 정착했다 가는 이 느린 여행이 매우 중요한 체험이었다. 『용의자의 야간열차』에서도 기차 여행 자체가 주소재가 되고 있고 13개의 에피소드가 모두 '바퀴'라는 제명하에 소개되고 있다. 여기에서도 또한 작가의 언어유희가 드러난다. 바퀴는 일차적으로는 기차의 바퀴를 가리키지만 보통 일본의

소설들은 '第1話' '第2話' 등을 소제목으로 사용하는데, 이 '화話'와 바퀴를 뜻하는 '륜輪'의 발음이 유사하기 때문이다. 물론 글자 그대로 기차의 바퀴를 의미하기도 하는데, 작품에서 인용되는 인도의 고대 종교를 생각한다면 이 바퀴는 수레바퀴로서 고대 인도의 법, 깨달음과 연관성을 가지고 있다고도 말할 수 있다. 작가는 『미국, 무도한 대륙ァメリカ 非道の大陸』이라는 글에서 나름의 시각을 갖고 비행기 여행과 기차 여행의 차이를 독특하고 재치 있게 이야기하고 있다.

비행기로 간다는 말은 근사하게 들리지만, 그러나 결국은 생판 모르는 사람들과 같이 공중에 붙잡혀 있다는 것, 그것도 의자에 꽁꽁 묶인 채 가는 것을 의미한다. 더군다나 자기 돈까지 내고 말이다.

다와다의 작품 세계에서 기차 여행은 특정한 부가 의미를 얻고 항용 이야기되는 맥락과 다른 맥락에서 선호된다. 19세기에는 기차가 가장 신속한 첨단 교통수단이었다면 20세기 후반부터는 비행기가 이를 이어받았다. 현재 두 지점 사이를 최단시간에 오가는 교통수단으로는 비행기가 각광을 받고 있다. 그렇지만 항공 여행은 여행 내내 안전벨트에 꽁꽁 묶여 있어야 하고 낯선 사람과 바로 옆 자리에 나란히 앉아 있지만 모두들 앞만 바라보며 대화조차 거의 나누지 않는 이상한 여행이다. 이에 반해 기차 여행은 좀더 자유롭다. 낯선 사람들과 같이 하지만 역마다 내렸다 탈 수 있고 6인실 객실에서는 서로 마주보고 관찰하고 대화도 나눌 수도 있으며 심지어 침대칸에서는 위아래로 옆으로 누워서 잠도 같이 잔다. 야간열차란 인간의 가장 기본적이고 동물적인 욕구인 수면욕까지 충족시키는 공간이지만 동시에 야간 기차 여행의 속성상 완전한 타인과도 같이 할 수 있는 불확실성, 모험성, 위험성을 지닌 공간이다.

　기차 여행을 바라보는 다와다의 이 같은 시선은 기존의 고정관념과 대치된다. 19세기에 유럽이 하나의 통일된 근대적 세계, 상업과 무역의 세계, 합리적 세계를 구축하고 더 나아가 민족국가 건설과 식민지 개척을 하는 데 가장 큰 기여를 한 것이 철도였고 그런 면에서 예를 들어 W.G. 제발트의 소설 『아우스터리츠』에서 보듯 크게 비판을 받았다면, 다와다에게 철도 여행은 이제 그 사명을 다하고 정반대의 의미를 지닌다. 바로 이러한 현대세계의 합리성, 효율성, 신속성 그리고 심지어 폭력성과 배치되는 측면에서 고찰되기 때문이다. 목적지가 정해져 있고 그 목적지만을 향해 가장 신속하게 날아가는 비행기 여행과 달리 기차 여행은 느린 속도와 잦은 멈춤, 변경, 지연 등을 통해 특성화된다. 첫번째, 두번째 에피소드에서처럼, 기차 여행에서는 예기치 않은 사고, 파업, 고장이 계속 일어나 주인공의 계획은 지연되고 단념되거나 변경된다. 즉 비행기 여행이 출발지와 목적지 사이를 직선으로 연결한다면 기차 여행은 이 장소 사이를 지그재그 곡선으로 연결하는 것이다. 화자는 이러한 여행의 특성을 시간에 대한 관념과 연결시킨다. 주인공들은 시간을 현대식 교환가치로 계산하고 무조건 신속하게 움직이는 전형적인 현대인이 아니다. 반대로 이러한 세계에서 한 발 물러서 특별한 일 없이 기차 여행을 계속하는 학생이거나 공연 일정은 있지만 따로 어디에 소속되어 있지 않고 금전적 사정 때문에 기차를 타야 하는 인물이다. 심지어 세번째 바퀴에 등장하는 학생에게는 초조함은 없었다. 어디에 도달하고 싶은지, 목적지가 얼마나 멀리 있는지조차 상상할 수 없었고, 한 인간에게 주어진 시간이 얼마나 되는지도 생각해본 적 없었다. 특히 여름방학에는 끝도 없이 차고 넘치는 액체 상태의 시간 속을 떠다니며 이유도 없이 다른 나라를 방황하면서도, 쓸데없는 짓이라는 생각조차 해본 적이 없었다. (32~33쪽)

이러한 여행객의 입장에서 보면, "시간은 제아무리 말을 쏟아부어도 줄어들지 않는다. 시간에 말을 쏟아붓는 것은 사막에게 보드카를 마시게 하는 거나 다를 바 없"(72쪽)는 것이다. 주인공에게는 기차를 타고 목적지에 가는 것보다 기차를 타고 가는 여정 그 자체가 더 중요한 것이다. 기차를 타고 가다보면 낯선 고장, 낯선 나라에서 정차할 때마다 계속해서 승객이 타고 내리는데 주인공은 이들을 늘 주의깊게 관찰한다. 그럼으로써 기차 여행에서는 "출발점과 도착점은 그대로인데, 그 사이의 시간과 공간이 꾸깃꾸깃 구겨"(31쪽)져 늘어난다.

기차 여행은 시간성의 문제뿐 아니라 다시금 공간성의 문제와도 연결된다. 시간관에서 신속성이나 합목적성이 아니라 느림, 벗어남 같은 유동성이 강조되었다면 이는 공간과의 관계에서도 그러하다. 여행은 어느 한 장소에 정주하는 것이 아니라 계속해서 다른 곳으로 이동한다는 데 특징이 있다. 주인공은 계속적으로 기차 여행중인 상태로 그 어느 장소에 소속되거나 귀속되지 않는다. 또한 기차 여행은 여정을 변경할 수도 있다. 예기치 않게 중간에 내릴 수도 있고 같은 목적지로 다른 경로를 이용하여 갈 수도 있다. 이미 여기에서도 공간의 고정성이 아니라 유동성이 강조된다. 이처럼 장소와의 연결이 유동성, 변경, 어긋남으로 특징지어진다면 이는 낯선 나라, 낯선 장소와 의미의 대응 관계에 있어서도 그러하다. 주인공은 기존의 고정된 장소 관념이 계속 어긋나고 배반당하는 경험을 한다. 특정 지역명을 듣고 자동적으로 떠올리는 이미지들은 매번 현지에서 무참히 배반당한다. 유고슬라비아에서 우연히 내린 도시에서 만난 유고인이 사준 가장 맛있는 현지 음식은 피자이고, 그가 데려다준 미술관은 미술관이 아니었고, 역사적 품격이 느껴지는 수도의 건물에서 본 영화는 홍콩 액션영화였다. 장소와 장소 이미지 사이의 지속적인 정체성을 부여하는 오랜 일대일 대응 관계는 현대의 이동적, 유동적 세계화 시대에 무너지고 있다.

시간과 공간의 관계에서처럼 인물 형상화에서도 일치성, 항존성, 정체성이 무너진다. 『용의자의 야간열차』의 제목에 등장하는 용의자는 작품 속에서 다차원적으로 의미화된다. 용의자와 야간열차는 일상성과 정상성, 평범성에서 벗어난다는 점에서 서로 일치하는 점이 있는 단어 조합이다. 용의자는 우선 주인공이 읽는 탐정소설의 용의자를 가리킬 수도 있다. 열한번째 바퀴 편에서 주인공은 추리소설을 읽고 있는데, 화자는 소설의 주인공과 눈앞의 인물을 연결시켜 생각하기 때문에 소설 속의 용의자는 현실과 관련을 맺는다. 무엇보다도 용의자는 의심 가는 인물들로서 야간열차에서 만나게 되는 동승자를 가리킨다. 주인공은 수동적 관찰자로 대화를 나누거나 말을 많이 하는 유형도 아니고, 매번 새로운 나라, 새로운 도시에 도착하기 때문에 언어로 의사소통이 잘 이루어지지도 않는다. 주인공 '당신'은 야간열차에서 만나는 사람들을 대화나 소통을 통해서가 아니라 언어라는 매개 없이 자신이 조용한 주관적인 관찰로 파악하는데 상대편의 정체를 알 수 없기에 이들은 모두 의심스러운 사람들이고 용의자가 된다. 주인공은 "수상쩍은 사람이 이상한 짓을 한다거나, 무서운 사람이 있어서 위험한 상황에 처한다거나"(87쪽) 터무니없이 비싼 요금을 내고 내동댕이쳐지는 것은 아닌지 의혹을 품기도 하고 그러다가 "범죄에 휘말려든 건 아닐까"(64쪽) 걱정을 하기도 한다. 본의 아니게 커피 밀수를 도와주기도 하고 남의 필적으로 엽서를 써주다가 공범자 취급을 받기도 한다. 이런 주인공의 기대와 예상은 자주 엇나간다. "복숭아 농원에서 야간열차로 잘못 올라탄 요정"(58쪽)들은 알고 보니 중국의 창부였고, 한 상인은 이들 둘을 상대로 야간열차에서 애정행각을 벌이다 열차칸에서 공중에서 추락해 의식을 잃는다. 각 나라마다 용의자들의 양태가 다르다. 이 작품은 아직 독일어로 번역되지는 않았지만, 작품을 언급할 때 용의자는 복수형으로 『Der Nachtzug der Verdächtigen』으로 번역된다. Verdächtigen은 '용의자들'이라는 복수형 단어의 소유격이다. 즉 용의자는 특정인이 아니라 임의의 복수인 것이다.

이러한 관찰자와 용의자의 관계는 거꾸로 주인공에게 전도되기도 한다. 열한번째 바퀴 편에서 주인공은 낯선 어린이와 침대칸을 같이 사용하는데 어린이가 자해를 하여 피를 흘리다가 옷을 벗어던지자 마침 들어온 검표원은 주인공이 수상한 인물이라고 생각하기 때문이다. 결국 이렇게 용의자라는 개념은 객체에서 주체에게로 전도된다. 이러한 반전은 다와다의 작품에서 흔하게 나타난다.

3. '나'는 누구인가?

시공간의 유동성, 개념의 미끄러짐, 정체성의 불확실함은 무엇보다도 '나'와 '당신'이라는 대명사 사용에서 분명하게 드러난다. 작품의 시작에 등장하는 첫번째 호칭 "당신"은 읽어 내려가는 독자에게는 실로 어색하고 당혹스럽다.

역 분위기가 뭔가 심상찮다. 플랫폼에 이상하게 사람이 적다. 게다가 역무원들이 왠지 소란스러운 게 무슨 비밀이라도 감추고 있는 것 같다. 역무원을 불러 무슨 일이냐고 묻기도 뭣하니, 그저 묵묵히 관찰할 수밖에 없다. 역 전체가 가면을 들쓰고 있지만, 당신은 그것을 벗겨내지 못한다. (9쪽)

이 첫 문장은 전체 작품 분위기 형성에 결정적인 역할을 하고 있다. 기차역의 분위기로 인해 주인공은 앞으로 범상치 않은 일이 일어날 것이라고 예상한다. 이는 나중에 드러난 것처럼 프랑스에서 철도 파업을 결의했기 때문이지만, 작품 속에서 내내 수동적인 관찰자로 머무는 주인공은 역무원에게 적극적으로 물어 이 상황이 어떤 상황인지 명쾌하게 알아보려 하지 않는다. 그저 "묵묵히 관찰"(9쪽)하기만 할 뿐이다. 내막을 알 수 없는 분위기에 휩싸여 있는 역은 전체가 가면을 쓰고 있는 듯 보이지만, 주인공은 그것을 벗겨내지 않고 벗겨내려는 적극적 의지도 보이지 않는다. 작품의 처음부터 끝까지 확연히 해명되는 사건이나 상황이 없고 그를 위해 노력하는 인물도 보이지 않는다. 주인공

의 관찰이 주가 되는 상황에서는 관찰이라는 행위의 한계 때문에 해결 역시 불분명할 수밖에 없고, 이러한 인물과 사태과 사건과의 의심스러운 관계는 작품 끝까지 유지된다. 이 첫 단락에서 독자들을 가장 당황시키는 것은 무엇보다도 마지막 문장에 사용된 '당신'이라는 단어다. 작가는 이 단어를 통해 이야기와 주체의 관계를 노골적으로 문제삼는다. 역의 분위기가 심상치 않고 이상하게 사람들도 별로 없다고 느끼고 그저 묵묵히 관찰할 수밖에 없다고 말하는 인물은 도대체 누구인가? 소설은 1인칭 '나'나 3인칭 '그' '그녀'로 전개되는 것이 보통이다. 다음 편들로 미루어 독자는 3인칭이 사용될 때 이 '당신'이 여성이라고 짐작해볼 수는 있다. 그러나 일본어의 '당신ぁなた'은 성별의 구분이 없기 때문에 이 또한 불분명하다. 일단 이 '당신'이 등장함으로써 독자들은 '당신'과 이 당신을 관찰하는 또다른 화자가 존재함을 인식하고, 이러한 흔치 않은 호칭 관계 때문에 소설을 읽는 내내 불편함과 어색함을 느끼게 된다. 계속해서 주인공과 화자 사이의 거리를 느끼며 읽게 되기 때문이다.

주인공은 '당신'이라고 2인칭으로 불리지만, 작품을 끝까지 읽어보면 드러나듯 이 둘은 모두 '나'다. 여기에서도 독일어와 일본어를 넘나들며 글을 쓰는 작가의 근본적인 질문을 읽어낼 수 있다.

독일어 같은 유럽어에서 인칭대명사의 구분은 매우 철저하며 이는 나름의 경계를 형성한다. 독일어에서 1인칭 나, 2인칭 너/당신, 3인칭 그/그녀/그것은 화자와 인물 간의 관계를 나타내는 대명사다. 1인칭이 아닐 경우 대상은 타자와 대응되고 그 가운데 말하는 사람, 화자인 '나'의 확고한 지위를 보여준다. 1인칭은 화자와 대상이 동일하고 2인칭은 상대자가 지금 대화를 나누는 상대방이며 3인칭은 여기에 없는 다른 인물을 가리키기 때문이다. 2, 3인칭에서 나와 상대자는 나의 확고한 지위에서 보면 절대로 같은 인물일 수 없는, 경계지어진 인물인 것이다. 그러나 다와다의 작품에서 당신과 나는 같은 인물이다.

초기 근대 계몽주의의 많은 철학자들, 예컨대 칸트나 데카르트 같은 서양 근대철학의 대표자들은 세상의 모든 것을 의심하고 회의한다 하더라도 이 세상에 유일무이하게 의심할 수 없는 '나', 바로 이 문제를 생각하고 인지하면서 질문을 던져 존재를 드러내는 '나'만은 확신할 수 있다고 말했다. 그러나 다와다의 작품에서 '나'의 정체성은 문학적으로, 언어적으로, 실험적으로 무너진다. 어떻게 '나'의 경계가 무너지고 '당신'이 될까? 어떻게 해서 작가는 이 확실한 '나'를 '당신'이라고 부를까? 작가는 작품의 후반부에 가서야 이에 대한 해명을 하고 있다. 주인공은 "그 무렵 자기가 여성이며 일본인이라는 정체성에 아무런 의문을 느끼지 않았다"(129쪽). 이때까지 자신의 정체성을 입증하는 가장 확실한 증거는 바로 여권이었다. 현대의 관리사회에서 한 개인의 몸보다 더 확실하게 개인의 존재를 입증하는 것은 바로 국가가 발행한 공적 신분증명서인 여권이다. 그러나 주인공의 여권은 호텔에서 다른 소년의 여권과 뒤바뀌었고 주인공은 이 사실을 뒤늦게 기차 안에서 알게 되지만, 다시 호텔로 돌아갈 경제적 여유가 없어 그냥 그 소년으로 남기로 한다. "이대로 본 적도 없는 문자를 짊어지고 만난 적도 없는 소년이 되어, 밤으로 돌입하는 열차 안에 계속 앉아 있을 수밖에 없다."(130쪽) 이렇듯 공적 자기 정체성의 교환은 갑작스럽지만 담담하게, 동요 없이 이루어진다. 연이어 야간 침대 열차의 위칸에 있던 한 인도 남자는 주인공이 가진 손톱깎이와 자신의 영원한 승차권을 교환하자고 제안한다. 주인공은 그 조건을 받아들이는데, 이때 '나'와 '당신'이 분리된다. 이후 영원한 승차권을 가지고 계속 여행하는 사람은 '당신'이 되고, '나'는 이 당신을 관찰하고 있으며 당신에 대해, 당신의 여행에 대해 글을 쓰고 있는 것이다.

> 그날 나는 당신에게 영원한 승차권을 내주고, 그 대신 자신을 자신으로 여기는 뻔뻔한 넉살을 사들여 '나'가 되었다. 당신은 더이상 스스로를 '나'라고 부르지 않게 되어, 언제나 '당신'이다. 그날 이래로 당신은 줄곧 묘사되는 대상이 되어, 2인칭으로 열차를 탈 수밖에 없게 되었다. (133쪽)

나를 나라고 부르는 것은 당연한 일이 아니고 오히려 뻔뻔스러운 일이 된다. 나는 이러한 뻔뻔스러움을 영원한 승차권을 선물한 대가로 얻게 되었고, 또다른 나는 여행을 계속하는 승차권을 얻은 대신에 나라고 부르지 않게 되어 2인칭 대상이 되어버렸다. 여권을 통해 자신의 정체성을 바꿔치기한 날, 주인공은 다시 한번 자신의 정체성을 교환한 것이다. 전자가 다른 인물과의 교환이라면 후자는 자신의 정체성을 '나'와 '당신' 둘로 나눈 후 교환한다. 물론 언어상으로 일어나는 교환이기는 하지만 말이다.

이러한 호칭의 문제는 정체성의 문제와 직결된다. 정체성은 독일어로 Identität인데 직역하면 '자기동일성'이 된다. 즉 정체성은 내가 나와 동일할 때 구성된다는 뜻이다. 심리학자 에릭슨에 따르면 '자아정체성'이란 개인 안에 지속적인 동일성이 존재한다는 것을 의미하는데, 여기에 사회적 차원이 추가되어 개인이 동시에 어떤 본질적인 특징을 타인과 지속해서 공유한다는 것을 의미한다. 때문에 자아정체성 개념에는 개인의 정체감, 개인 성격의 연속성을 유지하기 위한 무의식적 분투, 자아 통합, 그리고 집단이 공유하는 이상 및 정체성과의 내적 연대를 유지하는 것 등이 포함된다. 즉 'I'와 'me'의 일치가 야기된다. 그러나 이러한 자기동일성과 사회공유성이 다와다의 장면에서는 모두 부정된다. 주인공의 지속적인 동일성은 뒤바뀐 여권을 자신이라고 인정할 때 외적으로 사회적으로 한 번 부정되고, 나를 당신이라 부른 순간에 내적으로 언어적으로 또 한번 부정된다. 소설을 읽어나가면서 독자들은 주인공이 어느 누구와도 진정한 교감이나 대화를 하지 않고 혹시 하더라도 순간적일 뿐이며 사회적인 연대 역시 일어나지 않는다는 것을 알게 되기 때문이다.

다와다의 텍스트에서 '나'의 자아동일성과 확실성은 여러 차원에서 의심받는다. 일본어에서 1인칭의 호칭을 사용하는 것은 서양어와 달리 간단한 문제가 아니다. '나'라는 정체성을 말하기 어려움은 작가 다와다의 작품에 자주 등장하는 모티프다.

초등학교에 들어갈 때까지 내가 나를 지칭할 때에는 이름을 써서 말했다. 일본에서는 드문 일이 아니다. 초등학교에서 선생님은 여자아이들과 남자아이들에게 사람들이 자기를 지칭할 때 나라고 말한다고 가르쳤다. 처음에는 모두 부끄러워했고 계속 나라는 말 대신 자기 이름을 썼다. 그러나 점차 모두 적어도 수업 시간에는 나라고 말하려고 애를 썼다. 나 혼자만 그것을 할 수 없었다. 나는 그러나 사람들이 그것을 알아차리는 것을 원치 않았고 그래서 다른 사람들과 말하기를 그만두었다. 나는 엄마하고만 말을 했다. 나는 나를 엄마가 나를 부르듯 그렇게 삼인칭으로 불렀다. 엄마는 나를 그렇게 놔두었다. 그 다음 나는 고등학교에 갔다. 나는 나를 나라고 불러야 하는 상황을 더 이상 피할 수 없었고 말을 더듬기 시작했다. 나라는 일본말 "와타시"를 천천히 음절 사이사이에 간격을 두고 하나하나 부수었다. 그래서 내가 드디어 이 말을 했을 때 내가 나를 지칭하는 와타시라는 말은 음절 사이의 간격이 너무 커서 마치 노래의 마지막 마디처럼 들렸다.*

어린 시절에는 일본어로 1인칭을 대신해 3인칭을 사용할 수 있었고 1인칭 자체를 말하기도 힘들었다. 이러한 문화권에서 온 작가는 서양의 확연한 1인칭, 2인칭, 3인칭의 경계를 의심하고 이 소설에서 보듯 이를 실험한다. 나는 항상 나가 아니고 나와 당신으로 분리되는 것이다. 이러한 분리 실험은 의도적인 것이고, 바로 다와다 문학의 본질을 보여준다. 소설 속 한 인물의 분리는 '나'의 분리를 가리키고, 이를 통해 나의 분리와 분열 가능성을 이야기하며 동시에 나의 다양한 면모를 보여주기 때문이다.

이튿째 밤, 잠이 깨버린 직후, 변명처럼 방광에 압박감을 느꼈다.

---

*『목욕탕』, 최윤영 옮김, 을유문화사, 2011, 36쪽.

화장실에 가고 싶구나 하고 남의 일처럼 생각한다. 일어날 마음이 들지 않는다. 이게 꿈이면 얼마나 좋을까. 그러나 화장실에 가고 싶은 인간과 잠이 깨버린 인간과 일어나기 싫은 인간을 다 더해도 결국은 단 한 사람이다. 자신이 혼자라고 이토록 절절히 느껴지는 순간은 없다. (76쪽)

작가는 여러 방식으로 서유럽의 한 개인이라는 개념을 변주하는데, 예를 들어 두 사람이 한 사람처럼 사는 경우도 있다. 한 사람은 장님이고 다른 한 사람은 말을 하지 못한다. 두 사람은 서로 의지하면서 살면서, 실제로도 "우리 두 사람을 한 사람의 연인이라 여기고 사랑해주세요"(101쪽)라고 말한다.

이러한 자아정체성의 불확실성, 유동성, 분리가능성은 변신이라는 모티프를 통해서도 이야기된다. 작가는 자신이 처음 유럽에 갈 때 기차를 타고 한 달 이상을 걸려 천천히 갔기 때문에 여행 도중 조금씩 다른 문화를 체험하면서 스스로도 변모해갔고 이러한 체험이 자신의 문학세계에 중요한 역할을 한다고 밝힌다. 다와다의 많은 작품은 이러한 몸의 변모, 변신을 주제화하고 있다. 「목욕탕」에서 주인공은 비늘 달린 물고기로 변신하고, 「오비드를 위한 마약」에서 고대의 여신들은 현대사회의 여러 인물로 변신한다. 또한 "나"는 인물뿐 아니라 "거리"로 변신하기도 한다. "어느 날 나는 나를 잃어버렸다. 마치 사람들이 장갑을 잃어버리듯 말이다. 그때부터 나는 내가 어디로 가는지 더이상 알지 못한다. 어쩌면 내가 길로 변신했을 수도 있다." 작가는 자신을 잃어버리고 또한 길로도 변신시키는 것이다.

「용의자의 야간열차」에서도 이같은 변신의 가능성이 이야기된다. "바깥 공기에 닿는 순간, 살갗이 쩍 소리를 내며 나무껍질로 변했다. 당신도 언젠가는 자작나무가 될지 모른다."(74쪽) 보다 확실한 나의 분리와 변신은 꿈의 형태를 빌려 일어나는데 이는 특이하게도 젠더 정체성까지 문제시하는 양성구유의 몸으로 이야기된다. 기차에서 떨어진 후 주인공은 시베리아 한복판에서 불빛을 따라 한 가정집을 찾아가고, 집주인 남자는 거울 속에서 자신의 다른 모습인 여성의 몸을 보여준다. 이 대목은 심리학자 융의 아니마와 아니무스를 연상시키기도 하고 피카소의 다면적 얼굴을 연상시키기도 한다.

> 그 순간 왠지 모르게 마음이 술렁이며 몸이 떨렸고, 우연처럼 눈길이 멈춘 벽에 걸린 거울, 거기에 남자의 목덜미가 비쳤는데, 뭔가 이상했다. 어 하고 생각한 순간, 남자가 목을 살짝 틀었는데, 거울에 비친 것은 여성의 옆얼굴이었다. 당신은 놀라서 남자의 얼굴을 바라보았다. 이상한 데는 하나도 없었다. 성실하고 정직해 보이고, 말이 없고 외로워 보이는 오십대 남자의 얼굴이다. 피부는 우윳빛에 부드러워 보이지만, 수염이 숭숭 나 있다. 거울로 시선을 돌리자, 거기에 비친 것은 사십대의 도시 인텔리 여성의 얼굴이었다. 자부심 강하고 섬세하고 엄격하고, 남자와 굳이 공통점을 꼽자면 약간 외로워 보이는 면뿐이다. 당신은 어찔어찔 현기증이 났다. (80쪽)

주인은 손님에게 자신의 집처럼 여기라는 권유를 하게 되고 주인공은 언 몸을 녹이려 목욕탕에 들어가는데, 거기에서 자신의 벌거벗은 몸을 본다. 이 몸은 육체를 뜻하는 몸이면서 동시에 벌거벗은 심리적 내면을 상징한다. 이때 주인공은 자기 안에 감춰져 있던 양성구유의 몸을 보게 된다.

　　물은 수증기를 자욱하게 뿜어내는 것치고는 그리 뜨겁지 않았다. 왼 다리를 담그고, 오른 다리를 담그고, 배에 주름을 잡으며 웅크려 앉자, 가슴과 무릎이 붙으며 그 언저리까지 물이 차올랐다. 봉긋이 솟은 유방 사이로 아래쪽에서 흔들거리는 남자 성기가 보인다. 나는 정말로 남자이기도 하고 여자이기도 한 걸까. 물속에 웅크려 앉아 있다. (81쪽)

　　융합의 매혹을 이야기하면서 주인공은 또다른 생명체의 세계를 반추해본다. "식물에게는 양성구유가 보통인 것이다. 당신은 문득 자기 마음속에도 여자와 남자가 다 살고 있을지 모른다는 생각이 들었다." (104쪽) 양성구유의 가능성이 이제까지 주로 정신적이고 심리적인 면에서만 논의되어왔다면 다와다의 텍스트에서는 몸의 차원, 문학의 차원, 텍스트의 차원에서 다뤄지는 것이다.

4. 우리는 어디에 있는가?

　　나를 중심으로 두되 나의 불확실성을 이야기하는 방식은 다른 인물이나 시간, 장소, 현실을 표상하는 방식에서도 똑같이 일어난다. 주인공은 '나'라고 지칭하거나 상대편과의 대화, 혹은 행동이나 결과를 통해 자신을 드러내기보다는 수동적 관찰을 통해 타인을 묘사해간다. "당신은 남몰래 이야기를 멋대로 엮어가기 시작했다."(23쪽) "어쨌거나 당신은 이미 두 사람의 관계를 은하수에서 일 년에 한 번밖에 못 만나는 사이로 멋대로 정해놓았다."(26쪽) 이러한 타인과의 관계는 그러나 주인공의 시선에서 비롯되었기 때문에 불확실성, 불안정성으로 특징지어진다. "당신은 혼자 지어낸 은하수 사랑 이야기에 자신을 잃었다."(27쪽) '나'는 상대방과 적극적으로 대화를 나누거나 이를 통해 문제를 풀거나 새로운 역사를 만들거나 하지 않는다. 배우 미미는 기차 안에서 만난 인물 가운데 드물게 고유명사인 이름으로 소개된 승객이다. 그러나 그렇다고 해서 이름을 가진 이 배우도 뚜렷한 개성을 가진 인물로 나타나지 않는다. 보통 문학에서 배우는 다양한 인물을 연기할 수 있다는 점에서 보편성을 추구하는 인물로, 혹은 제한된 직업에 갇힌 현대인의 반대상이 되는 인물로 나타난다. 그러나 이 작품에서 배우는 다양한 배역의 흔적이 가면처럼 겹겹이 쌓여 지울 수 없는 얼룩으로 남아 고단한 삶을 사는 인물로 나타난다. 소설의 시작에서 역에 걸려 있는 신비스러운 분위기인 '가면'을 벗길 수 없었듯이, 사람은 또한 자기가 연기했던 인물의 '가면'을 벗겨낼 수 없는 것이다.

오필리아, 엘렉트라, 노라, 이리나가 하나의 얼굴로 옮겨왔고, 마지막 공연의 막이 내린 후에도 여전히 그 흔적이 남아 있는 것이다. 가엾게도. 겹겹이 쌓인 얼굴을 떨쳐내는 의식은 없는 걸까. (95~96쪽)

기차 여행에서 만나는 타인들은 같은 공간에서 함께 여행하지만 모두 개인이고 고립되어 있다. 이는 장소와의 관계에서 역시 마찬가지다. 이미 작가가 고향이나 정주定住가 아니라 여행을 즐겨 다루는 데에서 특정 장소에 얽매여 있지 않음을 보여주지만 이는 기차 여행중의 체험에서도 그러하다. 앞서 언급한 것처럼 특정 장소와 관념의 불일치는 화자에게서만이 아니라 타인에게서도 드러난다. 베오그라드에서 만난 타인은 나와 관계를 만들지 않는, 우연히 같은 장소에 존재하는 남남일 뿐이다. "우리가 같은 장소에 동시에 존재한다는 사실을 인정해주지 않을 것 같은 불안이 느껴졌다. 그 망막 속에 나는 존재하지 않았다."(43쪽)

이러한 장소와의 거리감, 장소와 맺는 관계없음의 관계는 무엇보다도 기차 여행의 종착지에서 그러하다. 이 기차의 종착역은 특정 장소가 아니라 '어디에도 없는 마을'이기 때문이다. 이러한 어디에도 없는 마을은 인류학자 마르크 오제의 '비장소Nicht-Orte' 개념을 떠올리게 한다. 오제에게는 이러한 비장소는 '인류학적 장소'의 대척점으로서 정체성도, 관계도, 역사도 없는 장소다. 공항이나 대형마트, 영화관, 혹은 집단수용소처럼 개개인의 인격이나 정체성이 중요하지 않고 개인의 의사소통도 전광판이나 안내표지판에 의존하는 이러한 비장소에서 개인은 그의 증명서를 통해 개개인임을 확인받을 뿐이다. 다와다는 바로 이러한 비장소를 문제시한다. 그리고 앞서도 말했듯이 기차 안에서 비장소에서 유일하게 확실성의 징표인 여권이 뒤바뀌게 한 다음 그 사실을 아무렇지도 않게 받아들이게 만든다. 다와다에게 이러한 비장소에서 정체성이 발현될 수 없다는 사실은 그리 비극적이거나 부정적인 사태가 아니다. 작가에게는 정체성 자체가 이미 의심스러운 개념이기 때문이다. 오제에게 이러한 비장소가 초현대의 장소로서 비인간적인 장소의 개념이라면, 다와다는 이와 유사한 장소들을 대상화하지만 이러한 장소에서 일어나는 새로운 감각, 인지, 그로 인해 일어나는 낯선 개인화의 과정을 묘사한다. 이러한 비장소에서 다와다의 인물들은 개개인의 관찰과 감각을 통해 의미화를 이룸으로써 새로운 '장소'가 아니라 새로운 '공간'이 만들어진다. 이 공간은 기존의 장소나 공간의 대척점이나 비판관계 속에 위치하지 않고 꿈이나 생각, 표상 속에서 의미화됨으로써 개인화된, 환상 속의 공간으로 현현한다. 예를 들어 소설에 등장하는 인물들은 결국 소설이 종결되면서 모두 같이 있는 채로 동시에 같이 없는 채로 여전히 각자 홀로 여행중임을 깨닫게 된다. 누군가가 내려야 한다고 서로들 주장하지만 결국 아무도 내리지 않아도 된다. 그들은 같은 야간열차의 침대칸에 있지만 각자의 표상 속에서 그들은 같이 있지 않기 때문이다.

자는 동안에는 우린 모두 혼자잖아요. 꿈속에는 창에서 뛰어내리는 사람도, 출발지에 남겨진 사람도, 이미 목적지에 도착해버린 사람도 있어요. 우리는 애당초 같은 공간에 있지 않아요. 보세요, 땅의 이름이 무시무시한 속도로 침대 밑을 스쳐지나가는 소리가 들리잖아요? 한 가람 한 사람 다 달라요. 발밑에서 땅을 빼앗기는 속도가. 아무도 내릴 필요 없어요. 모두 여기 있으면서 여기 없는 채로 각자 뿔뿔이 흩어져 달려가는 거예요. (140쪽)

다와다의 텍스트는 무엇보다도 글쓰기 방식이 흥미롭다. 소설임에도 불구하고 수수께끼를 풀거나 극적인 반전을 꾀하거나 클라이맥스를 설정하지 않는다. 또한 극적인 사랑이나 갈등도 없다. 현실은 화자와 주인공의 주의깊은 관찰과 상상, 생각에서 비롯되고 그로부터 이야기가 자유롭게 뻗어나가고 연상이 연상을 불러일으키는 방식으로 전개된다. 이처럼 다와다의 글은 기존의 주변 영향을 최대한 배제하고 눈으로 본, 혹은 더 나아가 마음으로 본 현실에 기반을 두고 있다. 때문에 작품의 진행은 뿌리에서 시작하여 거대한 나무 기둥을 통해 각 가지로 뻗어나가는 중심적 구조가 아니라 각각 세포처럼 중심 없이 퍼져나가는 리좀*적 구조와 비교되기도 한다. 무엇보다도 가타리가 이야기하듯 리좀은 "열린 구성체인데 이것의 이질적인 요소들은 끊임없이 그 안으로 서로 서로 유희하고 그 위에서 미끄러져가고 끊임없이 생성 중에 있다. 리좀의 공간은 협상의 공산이 아니라 변화와 혼합의 공간이다."** 혹은 생물학적 개념을 원용하여 중심 없이 어디에도 뿌리를 두지 않는 '균소Hyphe' 개념으로 분석되기도 하였다. 글로벌화된 세계의 문화는 "그냥 기어가든지 위로 뻗어 자라나든지" 하면서 "탈영토화"된다. 그러한 탈영토화된 세계는 작품의 마지막에 '어디에도 없는 마을'로 나타난다.

---

* 땅 속으로 뻗어 있는 덩이줄기. 들뢰즈와 가타리의 저서 『천 개의 고원』의 표제어이기도 하다. 위계적 상하관계인 수목 구조와 반대되는 개념으로, 수평적이고 고정된 질서나 체제 없이 얽히고 생성되었다 사라지며 시작과 끝이 없이 다층적, 다원적으로 이루어진 구조를 가리키는 개념이다.
**『천 개의 고원』, 김재인 옮김, 새물결, 2001.

다와다는 『용의자의 야간열차』를 통해서 기존의 시간과 공간, 그리고 자아정체성과 관련된 틀과 경계를 넘어서려 시도한다. 이러한 시도는 기존의 갇힌 이해를 넘어서면서 새로운 인식이 가져다주는 해방과 자유를 강조하지만, 다른 한편으로 이러한 사유가 주는 불편함과 불안감을 보여준다. 해방과 불안은 동전의 양면인 것이다. 그 어느 곳에서도 동일성은 유지되지 않는다. 영원한 기차표를 가지고 계속 여행하는 당신처럼, 당신의 이름이나 당신의 몸, 당신의 기차 그 어느 것도 동일성을 보장해주지 않는다.

최윤영(서울대 독어독문학과 교수)

차이의 극한점이자 변화의 출발점인 '경계'에는 자유와 역동적인 힘이 있다. 그런데도 쉽사리 그 자리에 서지 못하는 까닭은 편안함을 과감히 거부하고 웬만한 상처쯤은 거뜬히 이겨낼 수 있는 선구자적 용기가 전제되어야 하기 때문이다. 그렇다 보니 대부분의 사람들은 안일한 보금자리 속으로만 파고들며 소속감이라는 올가미로 스스로를 옭아맨다. 그러나 다행히도 아주 가끔 그 덫에 갇힌 우리를 일깨워주는 이들이 있다. 그 대표적인 사람이 이 책의 저자 다와다 요코다. 1986년에 첫 작품을 발표한 후, 독일과 일본에서 두 나라 언어로 잇달아 작품을 발표하는 그녀는 나라와 언어, 문화의 경계에서 춤추는 자유로운 영혼이다. 서로 다른 세계의 차이를 체험하고 그것을 넘어서는 경험을 통해 이질적인 것들을 잇고 융합시키며 경계의 내연과 외연을 고루 확대

시킨다.

이번 작품 『용의자의 야간열차』에서도 몇 군데 두드러진 경계 지점이 보인다. 먼저 '야간열차'라는 공간적 설정에서는 정靜과 동動의 대비를 볼 수 있다. 열차 내부에 주목했을 때는 일정한 틀 안에 한정된 공간이라는 면에서는 정적인 세계지만(게다가 야간열차다), 외부에서 볼 때는 계속해서 어딘가를 향해 움직이는 동적인 대상이다. 따라서 열차 승객은 활동적이고 복잡한 대낮의 일상으로부터 격리된 환경에서 사색에 몰입하는 한편, 장소의 속성이 변화되는 이동에 따라 그에 속한 개체로서도 필연적인 변화가 동반되는 것이다. 일종의 정중동이라고 할까.

다음으로는 '당신'과 '나', 즉 객관성과 주관성의 경계다. 인도 사람에게 손톱깎이를 파는 대가로 영원한 승차권을 얻은 날부터 '당신'이 되어버린 나. 가장 주관적인 '나'를 '당신'으로 설정함으로써 보다 객관적인 자기반성을 이끌어내는 토대를 마련한 셈이다. 따라서 이제는 깎고 또 깎아도 자꾸 자라나는 손톱 같은 내면의 찌꺼기들은 '자기반성'이라는 손톱깎이로 잘라낼 수밖에 없다. 자기 자신을 객관적으로 바라보는 것만큼 어려운 일이 있을까. 그러니 늘 깨어 있기 위해서는 '당신'을 보듯 가차없는 시선을 '나'에게 집중시킬 수밖에.

또한 이런 2인칭 서술은 익숙함과 낯섦의 경계를 만들어낸다. 책을 읽기 시작한 독자는 '당신'이 객관화된 '나'임을 모르기 때문에 매우 낯선 느낌을 받을 테고, 심지어 불편한 느낌마저 들지도 모른다. 게다가 낯선 땅, 낯선 사람, 예기치 못한 돌발 상황들로 인해 꼬이는 여정 등등이 신비롭고 환상적이긴 하지만, 뭔지 모를 껄끄러운 뒷맛을 남기기도 한다. 어쩌면 이 작품은 독자에게 그런 낯선 느낌을 주었다는 점에서만 봐도 소정의 목적을 달성했다고 볼 수 있을 것이다. 어떻게든 현상을 유지하려는 고집스러운 익숙함에 머무르는 한, 절대로 경계에는 설 수 없기 때문이다. 게다가 낯선 것도 시간이 지나면 어느새 익숙해지기 마련이다. 때문에 낯설게 하기는 끊임없이 계속되어야 하는 삶의 과제다.

이러한 경계에 서는 경험에서 우리가 최종적으로 이해하는 것은 또다른 세계라기보다 오히려 또다른 나일지도 모른다. 사실 우리 인생에서 최고의 용의자는 '나 자신'이다. 안팎으로 꾸준히 예의주시해야 하는 대상은 다름 아닌 '나'다. 모든 것의 크기는 한계에 의해 규정된다고 한다. 그렇다면 끊임없이 경계에 서고 넘나드는 태도가 나의 세계를 넓히는 가장 좋은 방법일지 모른다.

이영미

1960년   일본 도쿄에서 2녀 중 장녀로 태어남.

1975년   도립 다치카와 고등학교 입학. 제2외국어로 독일어를 배움.

1978년   와세다 대학 제1문학부 입학. 와세다 어학연구소에서 독일어를
          공부함.

1982년   와세다 대학 제1문학부 러시아문학과 졸업. 5월, 독일의 서적 수
          출회사에 입사하면서 함부르크에 거주하게 됨. 함부르크까지 시
          베리아 열차를 타고 갔는데, 이 장거리 여행은 이후 다와다의 작
          품 세계에 큰 영향을 끼침.

1987년   시산문집『네가 있는 곳에만 아무것도 없다*Nur da wo du bist da
          ist nichts*』를 독일어로 출간하면서 데뷔. 함부르크 대학 입학.

1989년   소설『목욕탕*Das Bad*』독일에서 출간.

1990년   함부르크 대학 졸업. 함부르크 시 문학상 장려상 수상.

1991년   시산문집『유럽이 시작하는 곳*Wo Europa anfängt*』독일에서 출
          간.「발뒤꿈치를 잃고서かかとを失くして」로 군조 신인 문학상 수
          상.

1992년   단편집『삼각관계三人関係』일본에서 출간.

1993년   소설 『손님*Ein Gast*』, 희곡 『밤중에 빛나는 학 가면*Die
          Kranichmaske die bei Nacht strahlt*』독일에서 출간. 단편집『개
          신랑 들이기犬婿入り』, 소설『알파벳의 상처アルファベットの傷口』
          일본에서 출간.「개 신랑 들이기」로 아쿠타가와상 수상. 니더작센
          주 작가 장학금 수상.

1994년   단편집『여행을 떠난 오징어*Tintenfisch auf Reisen*』독일에서 출

간. 레싱 문학상 장려상 수상.

1996년   소설『성녀전설聖女伝説』, 시산문집『고트하르트 철도ゴットハル
ト鉄道』일본에서 출간. 에세이『부적*Talisman*』독일에서 출간.
샤미소 문학상 수상.

1997년   소설『그러나 오늘밤 귤은 탈취되어야 한다*Aber die Manda-
rinen müssen heute abend noch geraubt werden*』, 희곡『알 속
의 바람처럼*Wie der Wind in Ei*』독일에서 출간. 미국 빌라 아우
로라 체류 장학금에 선정됨.

1998년   시집『변신*Verwandlungen*』, 드라마 대본『오르페우스 혹은 이자
나기. 틸*Orpheus oder Izanagi. Till*』독일에서 출간. 시산문집
『여우 달きつね月』, 소설『비혼飛魂』일본에서 출간. 튀빙겐 시 시
문학강의 장학금에 선정됨.

1999년   에세이『더듬대는 헛소리カタコトのうわごと』일본에서 출간. 독
일문학기금 장학금에 선정됨.

2000년   단편집『빛과 젤라틴의 라이프치히光とゼラチンのライプチッヒ』
『데이지 차의 경우ヒナギクのお茶の場合』일본에서 출간. 에세이
『오비드를 위한 오피움. 22명의 여성을 위한 베개 책*Opium für
Ovid. Ein Kopfkissenbuch von 22 Frauen*』독일에서 출간. 스위
스 취리히 대학에서 논문「유럽문학에 나타난 장난감과 언어마
술」로 문학박사 학위 받음.『데이지 차의 경우』로 이즈미 교카 상
수상. 로베르트 보슈 재단 장학금에 선정됨.

2002년   산문집『해외혀들*Überseezungen*』독일에서 출간. 소설『용의자
의 야간열차容疑者の夜行列車』『구형시간球形時間』일본에서 출
간.『구형시간』으로 Bunkamura 드 마고 문학상,『용의자의 야간
열차』로 이토 세이 상, 다니자키 준이치로 상 수상.

2003년   에세이『엑소포니-모국어 밖으로 떠나는 여행エクソフォニー 母語
の外へ出る旅』일본에서 출간.

2004년   소설 『벌거벗은 눈*Das nackte Auge*』 독일에서 출간, 『여행하는 벌거벗은 눈旅をする裸の眼』 일본에서 출간. 독일 문학재단 뉴욕 장학금에 선정됨.

2005년   괴테 메달 수훈.

2006년   단편집 『바다에 떨어뜨린 이름海に落とした名前』, 시집 『우산의 시체와 나의 아내傘の死体とわたしの妻』, 여행기 『미국, 무도한 대륙アメリカ 非道の大陸』 일본에서 출간. 함부르크에서 베를린으로 이주.

2007년   에세이 『녹아내린 마을 비치는 길溶ける町 透ける路』 일본에서 출간. 에세이 『언어 경찰과 다언어 연기자*Sprachpolizei und Spiel-polyglotte*』 독일에서 출간.

2008년   소설 『보르도의 형부*Schwager in Bordeaux*』 독일에서 출간.

2009년   와세다 대학 쓰보우치 쇼요 대상 수상.

2010년   시집 『독일어 문법의 모험*Abenteuer der deutschen Grammatik*』 독일에서 출간. 소설 『비구니와 큐피드의 활尼僧とキューピッドの弓』 일본에서 출간.

2011년   소설 『눈의 연습생雪の練習生』 일본에서 출간. 함부르크 대학 상호문학과 객원교수. 『비구니와 큐피드의 활』로 무라사키 시키부 문학상, 『눈의 연습생』으로 노마 분케이 상 수상.

2012년   함부르크 대학의 강연과 인터뷰, 작품 모음집 『낯선 물*Fremde Wasser*』 독일에서 출간. 소설 『구름 잡는 이야기雲をつかむ話』 일본에서 출간.

2013년   소설 『단어와 거니는 일기言葉と歩く日記』 일본에서 출간. 에를랑겐 문학상 수상. 『구름 잡는 이야기』로 예술선정 문부과학대신상, 요미우리 문학상 수상.

2014년   소설 『헌등사献灯使』 일본에서 출간.

문학동네 세계문학전집 발간에 부쳐

세계문학은 국민문학 혹은 지역문학을 떠나 존재하는 문학이 아니지만 그것들의 총합도 아니다. 세계문학이라는 용어에는 그 나름의 언어와 전통을 갖고 있는 국민문학이나 지역문학의 존재를 인정하면서 그것을 넘어서는 문학의 보편적 질서에 대한 관념이 새겨져 있다. 그 용어를 처음 고안한 19세기 유럽인들은 유럽문학을 중심으로 그 질서를 구축했지만 풍부한 국민문학의 전통을 가지고 있는 현대의 문학 강국들은 나름의 방식으로 세계문학을 이해하면서 정전(正典)의 목록을 작성하고 또 수정한다.

한국에서도 세계문학 관념은 우리 사회와 문화의 변화 속에서 거듭 수정돼왔다. 어느 시기에는 제국 일본의 교양주의를 반영한 세계문학 관념이, 어느 시기에는 제3세계 민족주의에 동조한 세계문학 관념이 출현했고, 그러한 관념을 실천한 전집물이 출판됐다. 21세기 한국에 새로운 세계문학전집이 필요하다는 것은 명백하다. 우리의 지성과 감성의 기준에 부합하는 세계문학을 다시 구상할 때가 되었다.

문학동네 세계문학전집은 범세계적으로 통용되는 고전에 대한 상식을 존중하면서도 지난 반세기 동안 해외 주요 언어권에서 창작과 연구의 진전에 따라 일어난 정전의 변동을 고려하여 편성되었다. 그래서 불멸의 명작은 물론 동시대 세계의 중요한 정치문화적 실천에 영감을 준 새로운 작품들을 두루 포함시켰다.

창립 이후 지금까지 한국문학 및 번역문학 출판에서 가장 전문적이고 생산적인 그룹을 대표해온 문학동네가 그간 축적한 문학 출판 경험을 바탕으로 새로운 세계문학전집을 펴낸다. 인류가 무지와 몽매의 어둠 속을 방황하면서도 끝내 길을 잃지 않은 것은 세계문학사의 하늘에 떠 있는 빛나는 별들이 길잡이가 되어주었기 때문이다. 우리가 자부심과 사명감 속에서 그리게 될 이 새로운 별자리가 독자들의 관심과 애정에 힘입어 우리 모두의 뿌듯한 자산이 되기를 소망한다.

문학동네 세계문학전집 편집위원
민은경, 박유하, 변현태, 송병선, 이재룡, 홍길표, 남진우, 황종연

세계문학전집 138

용의자의 야간열차

1판 1쇄 2016년 4월 5일
1판 4쇄 2023년 5월 15일

지은이 다와다 요코 | 옮긴이 이영미
책임편집 박신양 | 편집 이미영 오동규
디자인 강혜림 최미영 | 저작권 박지영 형소진 최은진 오서영
마케팅 정민호 김도윤 한민아 이민경 안남영 김수현 왕지경 황승현 김혜원 김하연
브랜딩 함유지 함근아 박민재 김희숙 고보미 정승민 배진성
제작 강신은 김동욱 임현식 | 제작처 영신사

펴낸곳 (주)문학동네 | 펴낸이 김소영
출판등록 1993년 10월 22일 제2003-000045호
주소 10881 경기도 파주시 회동길 210
전자우편 editor@munhak.com | 대표전화 031)955-8888 | 팩스 031)955-8855
문의전화 031)955-1927(마케팅), 031)955-3560(편집)
문학동네카페 http://cafe.naver.com/mhdn
인스타그램 @munhakdongne | 트위터 @munhakdongne
북클럽문학동네 http://bookclubmunhak.com

ISBN 978-89-546-4018-3 04830
    978-89-546-0901-2 (세트)

www.munhak.com

1, 2, 3 안나 카레니나 레프 톨스토이 | 박형규 옮김

4 판탈레온과 특별봉사대 마리오 바르가스 요사 | 송병선 옮김

5 황금 물고기 르 클레지오 | 최수철 옮김

6 템페스트 윌리엄 셰익스피어 | 이경식 옮김

7 위대한 개츠비 F. 스콧 피츠제럴드 | 김영하 옮김

8 아름다운 애너벨 리 싸늘하게 죽다 오에 겐자부로 | 박유하 옮김

9, 10 파우스트 요한 볼프강 폰 괴테 | 이인웅 옮김

11 가면의 고백 미시마 유키오 | 양윤옥 옮김

12 킴 러디어드 키플링 | 하창수 옮김

13 나귀 가죽 오노레 드 발자크 | 이철의 옮김

14 피아노 치는 여자 엘프리데 옐리네크 | 이병애 옮김

15 1984 조지 오웰 | 김기혁 옮김

16 벤야멘타 하인학교 ─ 야콥 폰 군텐 이야기 로베르트 발저 | 홍길표 옮김

17, 18 적과 흑 스탕달 | 이규식 옮김

19, 20 휴먼 스테인 필립 로스 | 박범수 옮김

21 체스 이야기 · 낯선 여인의 편지 슈테판 츠바이크 | 김연수 옮김

22 왼손잡이 니콜라이 레스코프 | 이상훈 옮김

23 소송 프란츠 카프카 | 권혁준 옮김

24 마크롤 가비에로의 모험 알바로 무티스 | 송병선 옮김

25 파계 시마자키 도손 | 노영희 옮김

26 내 생명 앗아가주오 앙헬레스 마스트레타 | 강성식 옮김

27 여명 시도니가브리엘 콜레트 | 송기정 옮김

28 한때 흑인이었던 남자의 자서전 제임스 웰든 존슨 | 천승걸 옮김

29 슬픈 짐승 모니카 마론 | 김미선 옮김

30 피로 물든 방 앤절라 카터 | 이귀우 옮김

31 숨그네 헤르타 뮐러 | 박경희 옮김

32 우리 시대의 영웅 미하일 레르몬토프 | 김연경 옮김

33, 34 실낙원 존 밀턴 | 조신권 옮김

35 복낙원 존 밀턴 | 조신권 옮김

36 포로기 오오카 쇼헤이 | 허호 옮김

37 동물농장 · 파리와 런던의 따라지 인생 조지 오웰 | 김기혁 옮김

38 루이 랑베르 오노레 드 발자크 | 송기정 옮김

39 코틀로반 안드레이 플라토노프 | 김철균 옮김

40 어두운 상점들의 거리 파트릭 모디아노 | 김화영 옮김

41 순교자 김은국 | 도정일 옮김

42 젊은 베르테르의 슬픔 요한 볼프강 폰 괴테 | 안장혁 옮김

43 더블린 사람들 제임스 조이스 | 진선주 옮김

44 설득 제인 오스틴 | 원영선, 전신화 옮김

45 인공호흡 리카르도 피글리아 | 엄지영 옮김

46 정글북 러디어드 키플링 | 손향숙 옮김

47 외로운 남자 외젠 이오네스코 | 이재룡 옮김

48 에피 브리스트 테오도어 폰타네 | 한미희 옮김

49 둔황 이노우에 야스시 | 임용택 옮김

50 미크로메가스 · 캉디드 혹은 낙관주의 볼테르 | 이병애 옮김

51, 52 염소의 축제 마리오 바르가스 요사 | 송병선 옮김

53 고야산 스님 · 초롱불 노래 이즈미 교카 | 임태균 옮김

54 다니엘서 E. L. 닥터로 | 정상준 옮김

55 이날을 위한 우산 빌헬름 게나치노 | 박교진 옮김

56 톰 소여의 모험 마크 트웨인 | 강미경 옮김

57 카사노바의 귀향 · 꿈의 노벨레 아르투어 슈니츨러 | 모명숙 옮김

58 바보들을 위한 학교 사샤 소콜로프 | 권정임 옮김

59 어느 어릿광대의 견해 하인리히 뵐 | 신동도 옮김

60 웃는 늑대 쓰시마 유코 | 김훈아 옮김

61 팔코너 존 치버 | 박영원 옮김

62 한눈팔기 나쓰메 소세키 | 조영석 옮김

63, 64 톰 아저씨의 오두막 해리엇 비처 스토 | 이종인 옮김

65 아버지와 아들 이반 투르게네프 | 이항재 옮김

66 베니스의 상인 윌리엄 셰익스피어 | 이경식 옮김

67 해부학자 페데리코 안다아시 | 조구호 옮김

68 긴 이별을 위한 짧은 편지 페터 한트케 | 안장혁 옮김

69 호텔 뒤락 애니타 브루크너 | 김정 옮김

70 잔해 쥘리앵 그린 | 김종우 옮김

71 절망 블라디미르 나보코프 | 최종술 옮김

72 더버빌가의 테스 토머스 하디 | 유명숙 옮김

73 감상소설 미하일 조셴코 | 백용식 옮김

74 빙하와 어둠의 공포 크리스토프 란스마이어 | 진일상 옮김

75 쓰가루 · 석별 · 옛날이야기 다자이 오사무 | 서재곤 옮김

76 이인 알베르 카뮈 | 이기언 옮김

77 달려라, 토끼 존 업다이크 | 정영목 옮김

78 몰락하는 자 토마스 베른하르트 | 박인원 옮김

79, 80 한밤의 아이들 살만 루슈디 | 김진준 옮김

81 죽은 군대의 장군 이스마일 카다레 | 이창실 옮김

82 페레이라가 주장하다 안토니오 타부키 | 이승수 옮김

83, 84 목로주점 에밀 졸라 | 박명숙 옮김

85 아베 일족 모리 오가이 | 권태민 옮김

86 폭풍의 언덕 에밀리 브론테 | 김정아 옮김

87, 88 늦여름 아달베르트 슈티프터 | 박종대 옮김

89 클레브 공작부인 라파예트 부인 | 류재화 옮김

90 P세대 빅토르 펠레빈 | 박혜경 옮김

91 노인과 바다 어니스트 헤밍웨이 | 이인규 옮김

92 물방울 메도루마 슌 | 유은경 옮김

93 도깨비불 피에르 드리외라로셸 | 이재룡 옮김

94 프랑켄슈타인 메리 셸리 | 김선형 옮김

95 래그타임 E. L. 닥터로 | 최용준 옮김

96 캔터빌의 유령 오스카 와일드 | 김미나 옮김

97 만(卍) · 시게모토 소장의 어머니 다니자키 준이치로 | 김춘미, 이호철 옮김

98 맨해튼 트랜스퍼 존 더스패서스 | 박경희 옮김

99 단순한 열정 아니 에르노 | 최정수 옮김

100 열세 걸음 모옌 | 임홍빈 옮김

101 데미안 헤르만 헤세 | 안인희 옮김

102 수레바퀴 아래서 헤르만 헤세 | 한미회 옮김

103 소리와 분노 윌리엄 포크너 | 공진호 옮김

104 곰 윌리엄 포크너 | 민은영 옮김

105 롤리타 블라디미르 나보코프 | 김진준 옮김

106, 107 부활 레프 톨스토이 | 박형규 옮김

108, 109 모래그릇 마쓰모토 세이초 | 이병진 옮김

110 은둔자 막심 고리키 | 이강은 옮김

111 불타버린 지도 아베 고보 | 이영미 옮김

112 말라볼리아가의 사람들 조반니 베르가 | 김운찬 옮김

113 디어 라이프 앨리스 먼로 | 정연회 옮김

114 돈 카를로스 프리드리히 실러 | 안인희 옮김

115 인간 짐승 에밀 졸라 | 이철의 옮김

116 빌러비드 토니 모리슨 | 최인자 옮김

117, 118 미국의 목가 필립 로스 | 정영목 옮김

119 대성당 레이먼드 카버 | 김연수 옮김

120 나나 에밀 졸라 | 김치수 옮김

121, 122 제르미날 에밀 졸라 | 박명숙 옮김

123 현기증. 감정들 W. G. 제발트 | 배수아 옮김

124 강 동쪽의 기담 나가이 가후 | 정병호 옮김

125 붉은 밤의 도시들 윌리엄 버로스 | 박인찬 옮김

126 수고양이 무어의 인생관 E. T. A. 호프만 | 박은경 옮김

127 맘브루 R. H. 모레노 두란 | 송병선 옮김

128 익사 오에 겐자부로 | 박유하 옮김

129 땅의 혜택 크누트 함순 | 안미란 옮김

130 불안의 책 페르난두 페소아 | 오진영 옮김

131, 132 사랑과 어둠의 이야기 아모스 오즈 | 최창모 옮김

133 페스트 알베르 카뮈 | 유호식 옮김

134 다마세누 몬테이루의 잃어버린 머리 안토니오 타부키 | 이현경 옮김

135 작은 것들의 신 아룬다티 로이 | 박찬원 옮김

136 시스터 캐리 시어도어 드라이저 | 송은주 옮김

137 고독한 산책자의 몽상 장자크 루소 | 문경자 옮김

138 용의자의 야간열차 다와다 요코 | 이영미 옮김

139 세기아의 고백 알프레드 드 뮈세 | 김미성 옮김

140 햄릿 윌리엄 셰익스피어 | 이경식 옮김

141 카산드라 크리스타 볼프 | 한미회 옮김

142 이 글을 읽는 사람에게 영원한 저주를 마누엘 푸익 | 송병선 옮김

143 마음 나쓰메 소세키 | 유은경 옮김

144 바다 존 밴빌 | 정영목 옮김

145, 146, 147, 148 전쟁과 평화 레프 톨스토이 | 박형규 옮김

149 세 가지 이야기 귀스타브 플로베르 | 고봉만 옮김

150 제5도살장 커트 보니것 | 정영목 옮김

151 알렉시 · 은총의 일격 마르그리트 유르스나르 | 윤진 옮김

152 말라 온다 알베르토 푸겟 | 엄지영 옮김

153 아르세니예프의 인생 이반 부닌 | 이항재 옮김

154 오만과 편견 제인 오스틴 | 류경희 옮김

155 돈 에밀 졸라 | 유기환 옮김

156 젊은 예술가의 초상 제임스 조이스 | 진선주 옮김

157, 158, 159 카라마조프가의 형제들 표도르 도스토옙스키 | 김희숙 옮김

160 진 브로디 선생의 전성기 뮤리얼 스파크 | 서정은 옮김

161 13인당 이야기 오노레 드 발자크 | 송기정 옮김

162 하지 무라트 레프 톨스토이 | 박형규 옮김

163 희망 앙드레 말로 | 김웅권 옮김

164 임멘 호수 · 백마의 기사 · 프시케 테오도어 슈토름 | 배정희 옮김

165 밤은 부드러워라 F. 스콧 피츠제럴드 | 정영목 옮김

166 야간비행 앙투안 드 생텍쥐페리 | 용경식 옮김

167 나이트우드 주나 반스 | 이예원 옮김

168 소년들 앙리 드 몽테를랑 | 유정애 옮김

169, 170 독립기념일 리처드 포드 | 박영원 옮김

171, 172 닥터 지바고 보리스 파스테르나크 | 박형규 옮김

173 싯다르타 헤르만 헤세 | 권혁준 옮김

174 야만인을 기다리며 J. M. 쿳시 | 왕은철 옮김

175 철학편지 볼테르 | 이봉지 옮김

176 거지 소녀 앨리스 먼로 | 민은영 옮김

177 창백한 불꽃 블라디미르 나보코프 | 김윤하 옮김

178 슈틸러 막스 프리슈 | 김인순 옮김

179 시핑 뉴스 애니 프루 | 민승남 옮김

180 이 세상의 왕국 알레호 카르펜티에르 | 조구호 옮김

181 철의 시대 J. M. 쿳시 | 왕은철 옮김

182 카시지 조이스 캐럴 오츠 | 공경희 옮김

183, 184 모비 딕 허먼 멜빌 | 황유원 옮김

185 솔로몬의 노래 토니 모리슨 | 김선형 옮김

186 무기여 잘 있거라 어니스트 헤밍웨이 | 권진아 옮김

187 컬러 퍼플 앨리스 워커 | 고정아 옮김

188, 189 죄와 벌 표도르 도스토옙스키 | 이문영 옮김

190 사랑 광기 그리고 죽음의 이야기 오라시오 키로가 | 엄지영 옮김

191 빅 슬립 레이먼드 챈들러 | 김진준 옮김

192 시간은 밤 류드밀라 페트루솁스카야 | 김혜란 옮김

193 타타르인의 사막 디노 부차티 | 한리나 옮김

194 고양이와 쥐 귄터 그라스 | 박경희 옮김

195 펠리시아의 여정 윌리엄 트레버 | 박찬원 옮김

196 마이클 K의 삶과 시대 J. M. 쿳시 | 왕은철 옮김

197, 198 오스카와 루신다 피터 케리 | 김시현 옮김

199 패싱 넬라 라슨 | 박경희 옮김

200 마담 보바리 귀스타브 플로베르 | 김남주 옮김

201 패주 에밀 졸라 | 유기환 옮김

202 도시와 개들 마리오 바르가스 요사 | 송병선 옮김

203 루시 저메이카 킨케이드 | 정소영 옮김

204 대지 에밀 졸라 | 조성애 옮김

205, 206 백치 표도르 도스토옙스키 | 김희숙 옮김

207 백야 표도르 도스토옙스키 | 박은정 옮김

208 순수의 시대 이디스 워턴 | 손영미 옮김

209 단순한 이야기 엘리자베스 인치볼드 | 이혜수 옮김

210 바닷가에서 압둘라자크 구르나 | 황유원 옮김

211 낙원 압둘라자크 구르나 | 왕은철 옮김

212 피라미드 이스마일 카다레 | 이창실 옮김

213 애니 존 저메이카 킨케이드 | 정소영 옮김

214 지고 말 것을 가와바타 야스나리 | 박혜성 옮김

215 부서진 사월 이스마일 카다레 | 유정희 옮김

216 사람은 무엇으로 사는가 레프 톨스토이 | 이항재 옮김

217, 218 악마의 시 살만 루슈디 | 김진준 옮김

219 오늘을 잡아라 솔 벨로 | 김진준 옮김

220 배반 압둘라자크 구르나 | 황가한 옮김

221 어두운 밤 나는 적막한 집을 나섰다 페터 한트케 | 윤시향 옮김

222 무어의 마지막 한숨 살만 루슈디 | 김진준 옮김

223 속죄 이언 매큐언 | 한정아 옮김

224 암스테르담 이언 매큐언 | 박경희 옮김

225, 226, 227 특성 없는 남자 로베르트 무질 | 박종대 옮김

228 앨프리드와 에밀리 도리스 레싱 | 민은영 옮김

229 북과 남 엘리자베스 개스켈 | 민승남 옮김

● 문학동네 세계문학전집은 계속 출간됩니다